Annemarie Schwarzenbach

Bei

Mit einem Nachwort von
Roger Perret

Lenos Verlag

Ausgewählte Werke von Annemarie Schwarzenbach
Band 2
Herausgegeben von Roger Perret

LENOS POCKET 33

Erste Auflage 1996

Satz und Gestaltung: Lenos Verlag, Basel
Umschlag: Anne Hoffmann Graphic Design, Basel
Foto: Schweiz. Literaturarchiv, Bern
Printed in Germany

ISBN 3 85787 633 6

Inhalt

Das gelobte Land 7
Ein Auswanderer 23
Verklärtes Europa 31
Bei diesem Regen 39
Der Abschied 47
Beni Zainab 61
Auf der Heimreise … 85
Sehr viel Geduld … 97
Die Mission 117
Drei Tage Morgendämmerung 125
Fast dasselbe Leiden 133
Vans Verlobung 141
Eine Bekanntmachung 161
Eine Frau allein 177

Nachwort 211
Zur Edition 235
Anmerkungen 236

Das gelobte Land

Endlich wurde Billy wach. Sie sah einen Jungen in blauer Stewardjacke unter der Tür ihrer Kabine stehen, und sie erinnerte sich, dass sie „herein" gesagt hatte. Nun stand er da und trug eine Platte mit einem Osterkuchen und bunten Ostereiern in der Hand.

„Der Kommissar schickt Ihnen dies", sagte er, „und wünscht Ihnen fröhliche Ostern."

„Danke", sagte Billy.

Er stellte die Platte auf den Stuhl neben ihrem Bett und ging hinaus. Billy rief ihn noch einmal zurück. „Sag, dass man mir Kaffee bringen soll", sagte sie. Der Kuchen sah frisch und verlockend aus, und sie hatte Lust, davon zu essen. Es war schon spät, sie hatte sehr lange geschlafen.

Während sie ihren Kaffee trank und von dem Kuchen ass, erinnerte sie sich langsam an das, was vor ihrem Schlaf gewesen war. Sie erinnerte sich, dass sie die Kuchen aus frischem, weissem Teig in der Schiffsbäckerei gesehen hatte und dass der Kommissar versprochen hatte, ihr einen Matrosen-Osterkuchen zu schicken. Er hatte sie durch den Maschinenraum geführt, der wie ein riesiges Kulissenhaus aussah, und sie war, schwindlig vor Hitze, auf einer Leiter in den unendlich tiefen Schiffsbauch hinuntergestiegen, bis das Dröhnen der Kolben und die Hitze über ihr zusammenschlugen. Sie war zwischen zwei Kesseln auf öligen Metallplatten gegangen, ohne die glühenden Wände der Kessel zu berühren. Sie war auf die Kommandobrücke gekommen, er hatte ihr die blitzenden Instrumente erklärt, und sie hatte die breite, milchige, vom Mond beschienene und geglättete Wasserstrasse vor ihnen gesehen, durch die der Schiffskiel rauschend schnitt und weiche Wellenkämme zu beiden Seiten aufwarf.

Während des Nachtessens hatte ihr Nachbar gesagt, dass er am nächsten Morgen früh aufstehen werde, um seiner kleinen Tochter Jaffa zu zeigen. Er hiess Dr. Levy und war in Freiburg Professor der Chemie gewesen. Er kannte Palästina ganz gut, aber jetzt brachte er seine Tochter hinüber, und sie würden dort bleiben. Sie würde nicht in Deutschland aufwachsen, sondern in Palästina, und was die Nazis ihrem Vater getan hatten, würde sie nicht mehr angehen als die Pogrome in Bessarabien. Sie würde eine glückliche Kindheit in Palästina haben ...

Billy schob schnell ihr Leintuch zurück und zog sich an. Als sie auf das Deck kam, brannte darauf schon die heisse Mittagssonne, und die meisten Passagiere lagen in ihren Stühlen und hatten ihre Köpfe mit Schirmen, weissen Hüten und Tüchern geschützt. Ein leichter Wind ging darüber hinweg, und sie fuhren der Stadt Tel Aviv entlang. Vor der Stadt lag ein Streifen von weissem und rostbraunem Strand, und die Häuser von Tel Aviv waren weiss, es gab breite, weisse Strassen und neue, hohe, vielstöckige Gebäude, und man sah vom Meer aus in die belebten Strassen hinein. Billy stand an der Reeling und sah sich das neue Palästina an. Dann kam Dr. Levy um die Kommandobrücke herum, er hielt das kleine Mädchen an der Hand, und der Wind richtete seine Haare auf.

„Guten Morgen", sagte er, „wir haben Sie schon überall gesucht, um Ihnen Jaffa zu zeigen."

„Ich habe geschlafen", sagte Billy, und zu dem kleinen Mädchen: „Du hättest mich wecken sollen!"

„Es macht nichts", sagte Dr. Levy. „Es tut Ihnen gut zu schlafen", und er zeigte Billy die kleine Hafenstadt Jaffa, die im Schutz eines Hügels entstanden und dann mit türkischen Häusern und Moscheen den Hügel hinaufgeklettert war. Sie sah wie eine kleine, italienische, mittelalterliche Hafenstadt aus. Dann begann Tel Aviv und folgte dem Strand.

„Ganz links sehen Sie ein dunkelrotes Gebäude, das ist das Gewerkschaftshaus", sagte Dr. Levy. „Es ist ziemlich hässlich, dieses Tel Aviv. Aber es macht nichts."

„Nein", sagte Billy.

Dr. Levy sah auf den Scheitel des kleinen Mädchens hinunter. „Und nun fahren wir den ganzen Tag der Küste Palästinas entlang", sagte er. Billy hörte aufmerksam zu, als er über die Siedlungen sprach, die man vom Schiff aus auf den hohen Uferfelsen sehen konnte, und über die neuen Orangenpflanzungen, die sich dunkelgrün, dicht und regelmässig von den kargen, ungepflegten Hainen der Araber unterschieden. Dann assen sie zu Mittag, und nach dem Essen gingen sie wieder alle drei auf das Deck hinauf, und das Schiff folgte immer noch der sonnigen, goldbraunen Küste. Nur die Uferfelsen waren höher geworden, und man sah auf den Höhenzügen dahinter weisse Dörfer, die zur Zeit Herzls und Rothschilds gegründet worden waren und nicht mehr dem Ideal der neuen Gemeinschaftssiedlungen entsprachen.

Gegen vier Uhr nachmittags näherten sie sich Haifa. Im Salon setzte die Unterhaltungsmusik ein, und die Leute verliessen ihre Liegestühle und gingen hinunter.

Als der Kommissar von der Brücke her kam, sagte Dr. Levy, dass er mit Judith den Hafen von Haifa ansehen wolle, und ging mit ihr nach vorne.

Billy sah den Kommissar auf sich zukommen, und wieder begann ihre Erinnerung zu arbeiten. Er war klein und hatte hochgezogene Schultern. Fast einen Buckel, stellte Billy fest. Er hatte ein blasses Gesicht mit kränklich entzündeten Augen und einen schmalen, höhnischen, leidenden Mund. Er sah sonderbar müde und angeekelt aus.

„Guten Tag", sagte er zu Billy.

Billy sagte: „Es war nett von Ihnen, mir den Osterkuchen zu schicken."

„Gut geschlafen?" fragte er.

„Ja, danke."

Er sagte, ohne sie anzusehen: „Du warst so müde gestern nacht. Du bist mir einfach so weggeschlafen."

Billy antwortete nicht. Sie waren schon in der Hafeneinfahrt.

„Ich muss gehen", sagte der Kommissar. „Ist es Ihnen recht um sechs Uhr?"

„Gut", nickte sie.

Er ging weg, und sie begann, um das Deck herumzugehen, in die Touristenklasse hinüber, und wieder nach vorn, an den offenen Fenstern des Salons vorbei. Der Salon war leer. Sie ging zurück, aber man hatte die Touristenklasse durch ein Seil abgesperrt, und hinter dem Seil standen die Auswanderer mit ihren Handtaschen und Rucksäcken und warteten, dass man sie an Land gehen liess. Es waren lauter Juden, und die meisten von ihnen waren junge Juden aus Deutschland. Man hatte während der Reise für acht Zwischendeck-Passagiere gesammelt, die ohne Kost und Unterkunft auf dem Schiff mitfuhren, fünf Burschen und drei Mädchen, die jetzt in ihren Windjacken hinter dem Seil standen und warteten, um in Palästina an Land gehen zu dürfen.

Zuerst liess man die Passagiere der ersten Klasse vorbei. Sie kamen durch die Salontür heraus, erhielten ihren Pass, und gingen dann an den beiden arabischen Polizisten vorüber das Fallreep hinunter. Dr. Levy kam und führte sein kleines Mädchen an der Hand. Er war aufgeregt, strahlte wie alle anderen, und beeilte sich, das Schiff zu verlassen, aber als er Billy an der Reeling stehen sah, kam er zu ihr, um ihr auf Wiedersehen zu sagen.

„Viel Glück", sagte Billy.

Sie sah ihm nach, wie er das schwankende Fallreep hinunterging und wie er aufpasste, dass das kleine Mädchen nicht stolperte. Das Schiff schien sehr hoch, wie es so an der Quaimauer lag. Unten sah man eine Menge Leute, die Bekannte auf dem Schiff hatten und nun warteten, dass sie durch die Passkontrolle kamen. Sie winkten zur Reeling herauf, die meisten von ihnen lachten vor Freude über das ganze Gesicht und versuchten, etwas heraufzurufen, aber es war zu hoch, und die Passagiere oben konnten nichts verstehen, sie machten Zeichen mit den Armen und winkten und lachten zurück. Andere weinten geradezu. Die acht Mädchen und Jungen aus dem Zwischendeck wurden von ein paar Burschen abgeholt, die ganz ähnlich aussahen wie sie und ebenfalls Windjacken trugen. Billy sah, wie sie aufeinander losrannten und sich umarmten, und sich erst nachher die Hand schüttelten. Dann nahmen die Burschen den Neuangekommenen die Rucksäcke ab, und sie gingen alle miteinander weg, zwischen den arabischen Polizisten und den langen Ketten gebückter Lastträger hindurch.

Es war beinahe sieben Uhr, als alle Passagiere ihre Pässe bekommen und das Schiff verlassen hatten. Der Kommissar kam aus der Kajütentür, er war in Zivil und trug einen Regenmantel wie ein Offizierscape zusammengefaltet auf dem Arm.

„Wollen wir gehen?" fragte er Billy.

Sie nickte und ging voraus, an zwei jungen Schiffsoffizieren vorbei, die die Hand an die Mütze hoben.

„Na", sagte einer von ihnen zum Kommissar, „alter Junge, verfehl nur die Abfahrt nicht heute abend."

Billy sah neben der Kajütentür eine schwarze Tafel mit dem Namen des Schiffs, und darunter, mit Kreide geschrieben: *„Verlässt Haifa heute um Mitternacht"*.

Die arabischen Polizisten hielten Billy auf, und der Kommissar zog ihren Pass aus seiner Tasche. Die Polizisten liessen sie vorbei. Billy fühlte, dass die beiden Offiziere ihnen nachsahen, und fühlte ihren Blick auf ihrem Rücken. Sie ging neben dem Kommissar, der kleiner war als sie, am Zollgebäude vorbei durch die Sperre, über ein Bahngeleise, einen breiten, sandigen Weg entlang. Vor ihnen lag Haifa, eine hellerleuchtete Strasse mit Kaffees, einem Kino, einer Taxihaltestelle, dahinter im Dunkeln der Berg Karmel.

„Wollen wir ein Auto nehmen?" fragte der Kommissar.

Sie stiegen ein, und er rief dem Chauffeur auf deutsch zu, am Lloydbureau zu halten.

„Es wird schon geschlossen sein", sagte der Chauffeur.

„Ich kenne mich aus", sagte der Kommissar, „fahren Sie ruhig erst einmal hin."

Billy wartete im Auto. Die Strasse schwankte ein wenig unter ihr, aber bei weitem nicht mehr so stark wie vorhin, als sie vom Schiff bis in die Stadt hinein gegangen waren. Und niemand schaute ihr nach. „Haben Sie ein Streichholz?" fragte sie den Chauffeur, „rauchen Sie vielleicht?", und sie reichte ihm ihre lederne Zigarettenschachtel hinüber.

„Versuchen Sie eine von unseren palästinensischen", sagte der Chauffeur. Er zog eine Packung aus der Tasche und zündete ein Streichholz an.

„Danke", sagte Billy, „sie sind ausgezeichnet."

„Nicht schlecht. Und man kann sie den ganzen Tag rauchen. Sie werden einem nicht über."

„Sind Sie schon lange in Palästina?" fragte Billy.

„Sechs Monate. Es ist ein gutes Land, nur die vielen Sprachen sind unbequem. Man braucht Englisch, Deutsch, Hebräisch und Arabisch. Ich kann nur Englisch und Deutsch."

„Was haben Sie früher gemacht?"

„Meinen Sie in Deutschland?"

„Ich meine, bevor Sie hier herüberkamen."

„Ich war arbeitslos", sagte er. „Ich war arbeitsloser Student, weil ich zum Studium kein Geld mehr hatte. Nachher schnappten die Nazis meinen Bruder, und ich musste schleunigst verduften, weil wir zu den Juden gehörten, die ehrlichen Deutschen ihr Brot und ihre Stellungen wegnahmen."

„Nehmen Sie noch eine Zigarette", sagte Billy.

„Wissen Sie", sagte der Junge, „das Beste an der Sache ist, dass man hier nicht mehr daran zu denken braucht. Kein Mensch interessiert sich hier für die Nazis."

„Verdienen Sie viel?"

„Man bekommt, was man nötig hat. Man bekommt nichts geschenkt, aber man braucht nicht arbeitslos zu sein. Für die Jungen geht es. Die, welche mit Familie und Kindern herüberkommen, haben es manchmal schwer."

Jemand öffnete das herabgelassene Gitter vor dem Eingang des Lloydbureaus und liess den Kommissar heraus.

„Es tut mir leid, dass du warten musstest", sagte er zu Billy.

„Es macht nichts", sagte sie, „wohin fahren wir?"

„Wohin du willst."

„Auf den Karmel. Kann man auf dem Karmel irgendwo essen?" rief sie nach vorne.

„Man kann schon", sagte der Junge. „Aber ich rate es Ihnen nicht an. Sehen Sie sich oben die Aussicht an, trinken Sie etwas, und essen Sie nachher irgendwo in der Stadt."

„Gut", sagte der Kommissar, „besehen wir uns die Aussicht bei Nacht."

Sie fuhren durch die Stadt und auf einer schönen, breiten Strasse den Karmel hinauf. Der Kommissar rückte näher an Billy heran und tastete in der Dunkelheit nach ihrer Hand. Er hielt sie mit seiner Hand fest und legte sie zwischen Billys Knie.

„Ich fühle mich so mit dir verheiratet", sagte er. „Ich fühle mich ganz und gar glücklich mit dir zusammen."

„Nein", sagte Billy, ohne sich zu rühren.

Er zog die Hand zurück. „Ich weiss nicht, was mit mir los ist", sagte er. „Es macht mich verrückt, dich im Auto sitzen zu sehen und zu dir einzusteigen."

„Vielleicht bist du verliebt", sagte Billy.

Er beugte sich nach vorn und fasste wieder ihre Hand. Sie sah gegen das Fenster seine hochgezogenen Schultern und das magere Gesicht mit dem vorgeschobenen, leidenden Mund. Er sah elend aus, und sie liess seine Hand auf der ihren.

„Ich war verrückt gestern nacht", sagte er, „und du, warst du nicht ein bisschen glücklich?"

„Na", sagte Billy, „abgesehen davon, dass du behauptet hast, du würdest mich nicht anrühren –"

„Ich dachte, du würdest es nicht merken. Ich dachte, du würdest einfach einschlafen."

„Ich habe es gern, wenn man mich für schwachsinnig hält", sagte Billy.

Der Chauffeur hielt mit einem Ruck den Wagen an. Er führte sie auf einem Fussweg bis zu einer Terrasse, die über den nachtschwarzen Weinbergen hing, und zeigte ihnen die Lichter von Haifa, die Hafenlichter, die helle Linie der Hauptstrasse, die schwach erleuchteten kleinen Strassen der Templersiedlung, die sich rechtwinklig schnitten, und ganz abseits eine neue Gemeinschaftssiedlung.

Man sah einen Leuchtturm und die Mastlampen von Schiffen, die draussen vor dem zu engen Hafen lagen, und man sah die Scheinwerfer von Wagen, die den Karmel herauffuhren und den Kurven der Strasse folgten.

„Und dort hinten ist das Kaffee", sagte der Junge, und ging zu seinem Wagen zurück.

Sie gingen zu dem kleinen Haus hinauf, sassen in einer winzigen Gaststube, an deren kahlen Wänden eine Spatenbräu-Reklame und ein Kalender von einem Geschäft in Stuttgart hingen. Die Frau, die ihnen den Wermut brachte, war eine Deutsche und sprach ein breites, freundlich klingendes Schwäbisch. Ihr Grossvater war mit den Templern aus Württemberg gekommen, und ihr Vater und sie und ihre Geschwister waren in Haifa geboren. Ihr Vater hatte unten im deutschen Stadtviertel ein Gasthaus. Der Boden der Siedlung gehörte den Templern, und auch ein Teil des Karmels gehörte immer noch den Templern.

„Aber die Reben sind krank", sagte die Frau. Sie blieb ganz allein hier oben und bediente die Gäste, die abends auf dem Karmel spazierengingen und etwas trinken wollten, bevor sie in die Stadt zurückkehrten. Sie fand, dass es ein friedliches Leben sei, und lobte die Aussicht, die man über die Weinberge und die Stadt auf das Meer hatte. Sie müssten einmal am Tag heraufkommen, um die Aussicht richtig zu geniessen.

„Schön", sagte Billy, „das nächste Mal werden wir daran denken."

„Wollen Sie denn nicht einige Tage in Haifa zubringen?” fragte die Wirtin. „Es würde sich doch lohnen, es gibt jetzt viel zu sehen in Haifa!”

„Gewiss, es würde sich lohnen, aber wir haben keine Zeit.”

„Der Hafen, den die Engländer gebaut haben, ist ja allerdings zu klein, denn die Stadt wächst jetzt jeden Tag, fast zusehends.”

Der Kommissar sah Billy an, sie zahlten, und gingen die Terrasse entlang zum Wagen zurück. Sie fuhren schnell und lautlos den Karmel hinunter und tauchten in die hellen Strassen der Stadt. Der Junge fuhr langsam und zeigte ihnen die Namen der Strassen, der Kaffees und der Kinos.

„Wollen Sie irgendwo essen, wo es Musik gibt?” fragte er.

„Nein”, sagte Billy, „wo es guten Wein gibt.”

Es hiess „Kaffee Wien”, und der Junge fragte, ob er warten solle, aber der Kommissar zahlte ihn gleich und schickte ihn weg. Das Kaffee war ziemlich voll. Auf allen Tischen lagen deutsche Zeitungen. Die meisten Leute assen zu Abend, andere tranken Bier, an der Bar sassen ein paar junge Burschen mit Rakigläsern vor sich.

„Also, zuerst den Wein”, sagte der Kommissar, als sie einen guten Tisch in einer Ecke gefunden hatten.

„Wollen Sie einheimischen Rotwein haben?” fragte der Kellner. Er war Wiener und sprach das weiche Wienerisch mit einem weichen, verschmierten, dicklippigen Mund. Sein ganzes Gesicht war so, rund, weich und verschwommen. Während er die Bestellung auf seinem Notizblock niederschrieb, sahen seine blauen Augen zerstreut nach allen Seiten.

„Bringen Sie den Wein zuerst", sagte der Kommissar. Er sah ein wenig erfrischt aus und lehnte sich fröhlich über den Tisch.

„Hast du Hunger?" fragte ihn Billy. „Weisst du, du siehst jetzt gar nicht mehr wie ein Kommissar aus. Du hast keine Uniform an, und du gefällst mir."

„Wie sehe ich denn aus?"

„Nicht wie ein Kommissar. Du siehst wie Alberto aus. Wie ein einfacher Alberto, und wie mein Freund Alberto."

„Wir wollen trinken", sagte Alberto, „mein Gott, wie glücklich ich mich fühle!" Der palästinensische Rotwein war gut, aber ein wenig süsslich. Alberto sagte es dem Wiener, als er die Platte mit den Schnitzeln brachte. „Bringen Sie etwas Besseres", sagte Alberto.

Der Wiener nahm die Flasche mit dem süssen Wein weg und kam mit einer anderen zurück. Auf der Etikette stand „Chablis" und etwas in hebräischen und arabischen Buchstaben.

„Es ist eine Nachahmung", sagte der Kellner, „ein guter hiesiger Wein."

„Bringen Sie frische Gläser", sagte Alberto.

Billy hatte angefangen zu essen, er ass nicht,

schenkte nur den Wein ein und sah zu, wie sie ass.

„Ich kann einfach nicht", sagte er, „ich kann nur trinken. Ich weiss, dass es eine schlechte Gewohnheit ist."

„Nur eine Gewohnheit?" fragte Billy, kauend.

„Man wird eben so", sagte er, „fast alle werden so. Wenn wir in einen Hafen kommen, gehen wir an Land und in das erste beste Lokal, und trinken. Von allen Städten kennen wir nur das erste beste Lokal am Hafen."

„Seit wann fährst du auf dieser Linie?"

„Seit einem Jahr."

„Und vorher?"

„Vorher fuhr ich auf der Fernost-Linie, bis nach China, aber es war dasselbe. Ich kenne in China ein paar Lokale und einige Alkoholsorten. Sehr gute Lokale."

„Und erst in Haifa!" sagte Billy.

„Nein", sagte er, „hier ist es ganz anders, weil ich mit dir bin. Ich liebe Haifa."

„Ich auch", sagte Billy, „aber nun iss erst einmal. Nachher trinken wir noch eine Flasche von diesem erstklassigen Wein, und dann werden wir Haifa richtig lieben."

„Ich liebe dich", sagte Alberto.

Der Kellner kam und nahm die Teller weg.

„Was liebst du an mir?" fragte Billy.

„Es hat mir solche Mühe gemacht, dich zu lieben", sagte Alberto. „Ich zitterte, wenn ich dich sah, aber ich war sicher, dass du es nicht mögen würdest."

Ein Auswanderer

Das erste, was er uns begreiflich machen konnte, war, dass er ein Hebräer sei, und dass er nach Palästina wolle. Er stand, kurz nachdem die Abfertigung an der türkisch-syrischen Grenze vorbei war, in der Tür unseres Abteils und sprach hastig auf uns ein. Wir schüttelten die Köpfe. „Rusk?" fragte er, und, sich besinnend: „Hébreux? Espagnol?"

Mit Hilfe von französischen und italienischen Brocken kam eine Art von Verständigung zustande.

Wir waren gerade beim Essen. Wir hatten Servietten ausgebreitet und darauf Butter, Schafkäse und Creamcrackers. Wir boten ihm davon an, aber er dankte und nahm nur eine von Kades Zigaretten und begann gleich, in tiefen Zügen zu rauchen. Er schien sehr aufgeregt und nahm sich sehr zusammen.

Er konnte höchstens sechzehn Jahre alt sein. Er trug einen neuen Sportanzug mit Knickerbockers und starke, genagelte Stiefel. Während er mit uns sprach, hielt er die Mütze in den Händen. Sein Gesicht war dunkel und sehr breit, eine breite Strähne seines groben, schwarzen Haares bedeckte die Stirn. Er hatte grosse, dunkle, hübsche Augen, die lebhaft glänzten.

Er besass eine Fahrkarte dritter Klasse und fürchtete offenbar, dass der Schaffner kommen und ihn wegschicken würde. Als Kade die Tür geschlossen hatte und den Riegel vorschob, atmete er sichtlich auf und setzte sich neben uns. Er griff in die Tasche und zog seinen Pass heraus. Dabei wiederholte er immer: „Nach Palästina."

Als Kade und ich ihm den Pass abnahmen und ihn zusammen ansahen, verstummte der Junge und gab sich Mühe, unser Gespräch zu verstehen.

Es war ein rumänischer Pass, an einem Ort ausgestellt, den wir nicht kannten. Er enthielt ein Transitvisum durch die Türkei und ein anderes durch Syrien.

„Wohin wollen Sie reisen?" fragten wir den Jungen.

„Nach Palästina."

„Dann müssen Sie in Syrien aussteigen?"

„Ich will in Aleppo aussteigen. Man hat mir kein Visum für Palästina gegeben, aber ich werde eines bekommen. Ich werde sicher nach Palästina hinein können, wenn ich nur in Syrien aussteigen darf."

Wir zeigten ihm sein syrisches Visum. Ein grosser, blauer Stempel „Transit" ging quer über die Seite. Darunter war von Hand hinzugefügt: „Berechtigt nicht zum Aussteigen innerhalb Syriens." Er sah es und nickte.

„Sie müssen direkt nach Mossul weiterfahren", sagten wir ihm.

Er sah langsam von einem zum anderen.

„Aber ich muss nach Palästina", sagte er.

„Wie sind Sie denn zu dem Visum gekommen?"

Er stotterte. Er erzählte schnell und wiederholte sich mehrmals. Es war schwer, ihm zu folgen. Manchmal sagte er das gleiche Wort in verschiedenen Sprachen.

Er hatte fünf Geschwister. Er war der älteste und wollte aus Rumänien fort, weil sie arm waren. Er wollte als Arbeiter nach Palästina. Ein Freund hatte ihm geraten anzugeben, dass er nach Persien wolle, auf diese Weise würde er ohne Schwierigkeit die Transitvisen durch die Türkei, durch Syrien und Irak bekommen.

„Was haben Sie sich dabei gedacht?" fragten wir ihn.

„Ich konnte kein Visum bekommen", sagte er. „Man muss Geld haben, oder man muss zu Verwandten reisen, die in Palästina leben. Deshalb bekam ich das Visum nicht."

„Warum haben Sie dann nicht ein Visum für Syrien verlangt?"

„Für Syrien?"

„Damit Sie hier aussteigen dürfen."

Er sah uns an. Er schüttelte langsam den Kopf. „Man hat es mir nicht geben wollen", sagte er.

Es wurde heftig an unsere Tür gepocht. Kade sprang auf, um zu öffnen. Mit einem Ausdruck gelähmter Furcht folgte der Junge Kades Bewegungen.

„Man tut Ihnen nichts", sagte ich.

Der Schaffner kam herein, um die Karten zu kontrollieren. Als er den Judenjungen sah, sagte er uns auf französisch, dass dieser „gamin" an der nächsten Station aus dem Zuge gewiesen und durch die Gendarmerie in die Türkei zurückbefördert werde.

„Er hat doch nichts getan", sagte Kade.

„Wir kennen uns aus", sagte der Beamte. „Jeden Tag haben wir solche Fälle. Er ist Jude, er will nach Palästina."

Der Junge sah stumm und gespannt von einem zum anderen. Er verstand nicht. Man konnte sehen, wie er hoffte, dass es für ihn besser stehe.

„Wenn er nicht zurück will", sagte der Beamte, „dann muss er eben transit nach Persien."

„Er hat nicht einmal das irakische Durchgangsvisum."

„Er bekommt es ohne weiteres. Die sind ebenso froh wie wir und wie die Türken, wenn sie das Gesindel nach Persien weitergeben können."

Kade sah mich ratlos an. Der Junge hielt den Blick stumm auf uns gerichtet.

„Lassen Sie ihn in Aleppo aussteigen", sagte ich.

„Kommt nicht in Frage."

„Lassen Sie ihm die Chance! Er wird zum rumänischen Konsul gehen und das Geld bekommen, um nach Hause zu fahren."

„Ich habe die Erlaubnis nicht", sagte der Beamte.

„Gut. Wir werden es ihm sagen."

Er ging. Der Junge senkte den Blick.

„Hören Sie", sagte ich zu ihm, „man lässt Sie nicht aussteigen, oder Sie werden von der Polizei zurückbefördert. Bis Istanbul."

Er fuhr entsetzt auf.

„Bitte nicht", sagte er mit vor Angst rauher Stimme. „Auf keinen Fall zurück. Helfen Sie mir, damit ich in Aleppo aussteigen kann. Ich werde in einen Hafen gehen, auf ein Schiff. Irgend etwas –" Er verwirrte sich und sprach rumänisch weiter, ohne dass wir ihn verstehen konnten. Dann verstummte er plötzlich.

„Es geht nicht", sagten wir.

Der Schaffner kam mit einem Offizier zurück. Sie verlangten den Pass des Jungen. „Hébreux", sagte der Offizier.

„Es handelt sich um einen Irrtum", begannen wir zu erklären. „Er hat die Transitvisen nach Persien, aber er will gar nicht nach Persien."

„Das wird ihm wenig helfen", sagte der Offizier. „Übrigens, warum verwenden Sie sich für ihn? Diese jüdischen Burschen sind alle Gauner. Wir haben genug Scherereien damit."

„Sie wissen doch, dass er gar nicht nach Persien hineinkommt", sagte ich. „Man muss Geld vorweisen, um einreisen zu dürfen. Und er hat nur zehn Pfund."

„Das geht uns nichts an."

„Er bekommt ein Transitvisum durch Irak und darf nicht aussteigen – und in Persien lässt man ihn nicht herein, weil er kein Geld hat", sagte ich.

Der Offizier blieb gleichmütig. „Dann werden ihn die Perser eben zurückbefördern", sagte er.

„Aber das ist doch Wahnsinn!"

Kade fasste meinen Arm. „Lass doch", sagte er, „es wird nichts dabei herauskommen."

„Los", sagte der Offizier abschliessend. „Der Bursche muss in sein Abteil zurück."

Der Junge sass immer noch da, die Hände auf den Knien.

„Es geht nicht", sagten wir zu ihm.

„Was wird man mit mir tun?" fragte er, ganz reglos.

„Man wird Sie zwingen, bis an die persische Grenze zu fahren, so wie es auf Ihrem Pass lautet."

„Persien", sagte er, „es ist sehr weit ..."

Er wollte ja gar nicht nach Persien. Es war eine Notlüge gewesen.

„Und von dort schickt man Sie vielleicht wieder zurück", fügten wir hinzu. Wir wussten ihm auch keinen Rat. Wir gaben ihm Zigaretten und ein wenig Geld. Als wir ihm seinen Pass geben wollten, nahm ihn der Offizier uns ab. Der Junge erhob sich und nahm die Mütze, die er neben sich auf die Bank gelegt hatte. Er sah uns noch einmal mit seinem forschenden Blick an, ohne zu grüssen, und folgte den beiden Männern auf den Gang hinaus.

Es war dunkel, als wir auf der Station ankamen, wo die Züge nach Bagdad und Aleppo sich teilen.

Kade und ich stiegen aus.

„Wir wollen uns nach dem Hébreux umschauen", sagten wir.

Wir gingen den Bahnsteig entlang zwischen den beiden Zügen. Wir sahen die Reisenden aussteigen und die Hamals mit Gepäckstücken hin- und herlaufen. Dann sahen wir, wie der Hébreux von einem Beamten über den Bahnsteig geführt wurde wie ein Gefangener. Der Junge hatte die Mütze auf dem Kopf und ein Paket unter dem Arm. Der Beamte liess ihn in einen der alten Wagen dritter Klasse einsteigen, die die Aufschrift „Baghdat" trugen, und schloss die Tür hinter ihm. Dann ging er nach vorne, zum Schlafwagen, der mit Offizieren besetzt war. Ein junger Offizier lehnte zum offenen Fenster hinaus. Der Beamte salutierte und reichte ihm den rumänischen Pass des Jungen hinauf.

„Er muss transit nach Persien", rief er.

Der Offizier nickte mit lachendem Gesicht und steckte den Pass ein.

Die Wagen dritter Klasse waren nicht erleuchtet.

Wir suchten die dunkle Fensterreihe ab, ohne den Jungen zu sehen.

Verklärtes Europa

Coco kam eines Abends unerwartet an und brachte die beiden mit. Wir waren noch im Museum beschäftigt, als der Wagen in den Hof fuhr. Er warf seinen gelben Lichtkegel voraus, wir liefen, um die Gäste zu begrüssen. Es war vor Weihnachten, eine schlechte Zeit, der Regen hatte eingesetzt, die Grabung stand unter Wasser, so dass wir die Arbeiten eingestellt hatten. Wir sassen im Expeditionshaus, im Museum, am Kaminfeuer, in unseren Stuben, wo Ölöfen brannten. Wir hatten Zeit, an Weihnachten zu denken und Heimweh zu bekommen. Wir tranken viel in diesen Tagen und redeten zusammen, und jeder steckte den anderen mit seinem Heimweh an. Besuch war selten, deshalb freuten wir uns, als Coco mit dem italienischen Ehepaar kam. Sie waren auf der Entenjagd gewesen, unten am Orontes, und hatten sich den ganzen Tag im Regen und Nebel herumgetrieben. Sie waren zum ersten Mal im Orient und wollten nicht die üblichen Touristenwege machen. Durchnässt und müde sassen sie im Wohnzimmer und erzählten. Vor vierzehn Tagen waren sie noch in Europa gewesen. Vor vierzehn Tagen ... Uns kam es manchmal so vor, als seien wir unendlich weit und seit unendlich langer Zeit von unserem heimatlichen Erdteil getrennt, ja, ohne darüber zu sprechen, fürchteten wir, nie mehr dorthin zurückkehren zu können. Diese beiden jungen Menschen aber ... sorglos sahen sie aus, für sie war alles nur ein Spiel, der syrische Winter und die Entenjagd, die steinerne Zitadelle auf dem Hügel von Aleppo, und nun unser Haus, ein amerikanisches Expeditionshaus, und wir selbst in unseren Lederwesten.

„Du lieber Gott", sagten sie, „was für ein aufregendes Leben hier draussen!"

„Und Europa?" drängten wir.

„Wir haben uns so gelangweilt", sagte der Junge. Er sah dabei seine Frau an. Sie war jung und hübsch, und in ihn verliebt. Ihre länglichen, ungewöhnlich sanften Augen glänzten, wenn sie seinen Blick auffing. Sie lachte.

„Europa", sagte sie, „ein armes, müdes Land. Man spricht von der Arbeitslosigkeit, bei uns in Italien vom Faschismus. Man spricht nur von unangenehmen Dingen, sogar vom nächsten Weltkrieg, obwohl es doch gar keinen Zweck hat."

Einen Augenblick wurde es still. Ich sah Kade an, und dann Rubinson, der mit gesenkter Stirn am Feuer sass. Tobby, an den Kamin gelehnt, unterbrach die Stille. „Das beste Land ist Amerika", sagte er, „dort hat man auch allerhand Schwierigkeiten, aber man hat auch Mut."

„Und Palästina? Und Russland?" Rubinson fragte dies, man wusste nicht genau, was er damit meinte.

„Wir Italiener", sagte nachlässig der Junge, „wir werden jetzt auch zu mutigen Leuten erzogen. Bei uns wird man Soldat, jeder ist Soldat, der Duce befiehlt es."

Seine Frau bat: „Neno, fang nicht wieder davon an. Fang nicht an, vom Heldentum zu sprechen. Ich finde es viel mutiger, hier draussen zu leben, wie diese Herren. Und viel aufregender!" Sie fügte es schnell hinzu, mit schmalen Augen.

Er nickte. „Wissen Sie", sagte er, „mir war es einfach zuviel geworden. Es hing mir einfach zum Hals heraus, deshalb kamen wir hierher. Jetzt steht mein Wagen in der Garage in Mailand, ein Lancia, ein Prachtstück von einem Wagen."

„Hier draussen hätten Sie ihn doch nicht brauchen können, Sie sollten sich einen Ford kaufen", sagte Tobby.

„Aber das ist unpatriotisch!"

„Bitte", sagte das Mädchen, „bitte Neno, fang nicht wieder davon an!"

„Interessieren Sie sich für Politik?" fragte Rubinson.

„Nein", antwortete Neno, „aber man kann ja dort nicht in Frieden leben. Wir waren im Sommer in Salzburg, Bianca lief den ganzen Tag in Dirndlkleidern herum, es stand ihr ausgezeichnet – und auch sonst war es sehr hübsch, obwohl es mitten während der Vorstellung des 'Jedermann' zu regnen anfing. Es regnete in Strömen, die Amerikanerinnen liefen, um ihre teuren Abendkleider zu retten. Ja, es war dort sehr lustig, aber die Leute konnten es nicht lassen, den ganzen Tag von der Judenfrage zu sprechen. Als ob die ganze Welt sich um die Juden drehte!"

Kade und ich sahen Rubinson an, er hatte die gescheite Stirn erhoben.

„Dann", sagte Neno, „fuhren wir durch Süddeutschland, und mit den Nazis war es gar nicht so schlimm. Wenn man nicht wollte, brauchte man sie gar nicht zu bemerken. Und wenn man wollte, kam man gut mit ihnen aus. Im Winter waren wir im Palace in St. Moritz, aber sogar dort wurde von den Arbeitslosen gesprochen."

Bianca beobachtete uns, einen nach dem anderen. „Dort waren wir bis vor vierzehn Tagen", sagte sie entschuldigend, „es gab Sonne und Pulverschnee, und ich wäre gern noch länger geblieben. Aber Neno ..."

„Hier ist es richtig", sagte Neno. Er sagte es zu Coco, dem Sohn des Hotelbesitzers von Aleppo. „Mir ist Ihr Hotel in Aleppo lieber als das Palace in St. Moritz", sagte er.

Wir waren alle still.

William bot Bianca ein Glas an. „Können Sie Raki schon vertragen?" fragte er. „Es ist das erste, was man hierzulande lernen muss!"

„Bianca", sagte der Junge, „versuch es doch einmal, versuch es mir zuliebe!" Er nahm ein Glas und trank es in einem Zug aus. „Es schmeckt wie Anis, wie Hustenmedizin, die man dir gab, als du noch ein Baby warst."

Das Mädchen sah unschlüssig auf die milchige Flüssigkeit. „Ich habe Hustenmedizin nie gemocht", sagte sie.

„Hast du eigentlich Europa gemocht", fragte ihr Mann, „hast du Mailand gern gehabt, bist du zu Hause ein braves kleines Mädchen gewesen? Hast du nachher gern mit mir zusammengelebt?" Er lächelte sie an, warf sein dunkles Haar zurück.

Sie sagte: „Es gab so viele Dinge dort, die ich gern hatte. Ich war gar nicht glücklich – du weisst, Neno, dass ich nicht sehr glücklich war –, aber ich wusste wenigstens Bescheid. Hier weiss ich gar nichts."

Neno lachte. Er sah uns an und schüttelte den hübschen Kopf. „Ich weiss auch nichts", sagte er, „aber dort habe ich mich gelangweilt. Alles war so gut organisiert, obwohl die Pessimisten behaupten, es sei eine faule Ordnung. Ich habe dort nur halb gelebt."

„Und hier", fragte Rubinson, „hier meinen Sie ...?"

„Hier ist es grossartig", erklärte Neno, „allein die Entenjagd an eurem Regen-Fluss mit dem klassischen Namen, wir haben sogar nasse Füsse bekommen. Es war ein richtiges Abenteuer!"

„Für uns ist das sehr unangenehm", sagte William, „weil nämlich die ganze Ausgrabung unter Wasser steht."

Wir dachten an Salzburg. Es gab dort Konzerte, Bruno Walter dirigierte, es gab eine anmutig milde

Sonne im Mirabellgarten, und die gebäumten Pferdeleiber der grossen, steinernen Brunnen. Früher waren Lieblinge und Reitknechte der Bischöfe dort in die Schwemme geritten, unter dem italienischen Himmel lagen kühle Gebirgsseen, Wind rauschte durch hochstehende Wiesen, und auf dem Schlossberg standen Knaben und riefen auf den Domplatz hinab: „Jedermann, Jedermann." Dort unten sass der Tod an einer langen Tafel, und der schöne Jüngling neigte sich über das Mädchen, dessen dunkles Haar, mit Blumen bekränzt, sein weisses, inbrünstig blasses Gesicht umrahmte. Wir sahen glatte Autostrassen, die Nacht rief uns, eine festliche Nacht, und wir lauschten auf sie, verwundert, hingerissen.

„Es ist immer das gleiche", sagte Neno, „die gleichen Hotels in St. Moritz und am Lido, es ist öde, langweilig, und nicht einmal ungefährlich. Die meisten Leute dort sind Pessimisten. Sie sagen, man weiss nicht, wie lange es noch dauert ..."

Wir überhörten den letzten Satz. Wir hörten, wie in Konzertsälen Instrumente gestimmt wurden. Eine Seilbahn führte uns, die wir unsere Skier festhielten, aus dunklem Tunnel ins Freie; zwischen gleissenden Schneefeldern, unter blauem Himmel schwebten wir aufwärts.

„Einmal möchte ich diesen Winter die Corviglia fahren!" sagte Kade.

„Ketzer", rief William vom Tisch her, wo er die Rakigläser füllte.

Kade wiederholte: „Ein einziges Mal. Eine einzige, richtige Abfahrt ..."

„Natürlich!" Neno lachte plötzlich. „Wenn man hier im sicheren Orient sitzt, nimmt sich das alles wunderhübsch aus. Winterfreuden und Sommernachtsträume."

Ich sah die süddeutsche Landschaft, Hügel, Kloster und See, im lauen Abend ausgebreitet, und wieder die Landstrasse, einen kleinen Platz in einer alten Stadt, ein buntes Gasthofsschild. Und steinerne Heilige an Brücken, grau über grauen Flüssen.

„Ihr seid ja weit genug vom Schuss", sagte Neno.

Bianca sah ihn aus ihren sanften Augen bittend an.

„Weit genug", sagte Rubinson, „um alles zu vergessen. *Alles.*" Seine Stirn rötete sich in plötzlichem Zorn. Nun sahen wir ihn alle an, wie Bianca den jungen Neno.

„Wir werden alle einmal zurückfahren", sagte Kade mutig.

„Ohne mich." Rubinson forderte uns heraus.

Was wollten wir? Lido und Palace, Strassen am Abend, die Seilbahn, die steil in den blauen Winterhimmel stieg? Sommernachtstraum und Heimweh? Oh Heimweh, oh Europa!

Rubinson wollte von anderen, härteren Dingen sprechen. William kam mit den Rakigläsern. „Wir wollen lieber trinken", sagte er und gab Tobby ein Glas.

Die beiden Amerikaner tranken, im Nebenzimmer hörte man Achmed, der mit dem Taubstummen stritt. Achmed hatte nie begreifen können, dass ein Taubstummer nicht hört, wenn man mit ihm streitet.

„Was wollt ihr eigentlich", sagte William, „wir stehen im Dienst eines amerikanischen Museums. Wir haben etwas Vernünftiges zu tun. Was würde aus den Archäologen ohne die reichen Witwen in den Vereinigten Staaten? Was würde aus euch?"

Aber wir wussten nicht, was aus uns werden würde, später, zu Hause. Wir wollten – Heckenrosen rankten sich um den gekrümmten Leib eines steinernen Märtyrers, irgendwo ...

Bei diesem Regen

Tobby, Kade und ich waren im Regen unterwegs. Seit drei Tagen regnete es, seit drei Tagen ritten wir in der Umgebung von Dukiane umher und suchten den Hügel einer biblischen Stadt, worin seit zweitausendfünfhundert Jahren die Statuen hethitischer Götter verborgen liegen mussten, seitdem der Sturm der assyrischen Streitmächte über die Ebenen Nordsyriens gefegt war und Städte, Burgen und Tempel eingeäschert hatte. Der Platzkommandant der Gendarmerie von Dukiane hatte uns eine Begleitung mitgegeben, vier Mann, darunter einen französischen Unteroffizier. Die anderen waren Araber, die während des Reitens Zuckerwerk assen, Mehl, Zucker und Hammelfett. Sie drehten kleine Kugeln daraus, und boten uns davon an. Wir verkrümelten sie.

Die bewaffnete Begleitung war notwendig in dieser harten Jahreszeit. Hungrige Beduinen lauerten an den Strassen, überfielen Automobile auf dem Weg zwischen Aleppo und Antiochia, warum nicht auch uns? Sie erschienen rasch, standen schreiend auf der Strasse, schüttelten ihre Gewehre, schossen selten. Nachher verschwanden sie, hinter den römischen Trümmern, die sich, Sonnentor, zerfallener Bogen oder alter Wachtturm, aus der Steinwüste erhoben. Arabische Soldaten konnten mit den Räubern verhandeln, wir fühlten uns in ihrer Begleitung sicher. Wir fürchteten den Regen viel mehr, und auch ihn nicht der Nässe wegen, sondern weil das Land ihm preisgegeben war und unter seiner düsteren Fahne trostlos, gesättigt mit Trauer, dalag. Und was half uns dagegen unser bester Mut? – Schweigsam ritten wir, einer hinter dem anderen, als sei jeder allein.

Die Verhandlungen mit den Dorfbewohnern hatten wir als aussichtslos aufgegeben. Ein Tell, ein Ruinenhügel? Sie wiesen in die Runde, über Fluss und Ebene: Da gab es hundert Hügel. Heilige wohnten darauf; die bescheidenen Siedlungen dieser letzten Generation lebten in ihrem Schutz und im Hügelschatten, in Aberglauben und Gespensterfurcht. Namen? Meistens hatten solche Hügel keine Namen, und oft ging der Pflug darüber hinweg. Dann wurden Scherben ans Licht gekehrt, und die Dorfleute brachten sie uns. Fast immer waren es gewöhnliche, rote Scherben aus römischen Fabriken, und von den Römern stammten auch die Mauerquadern, die da und dort das dünne Gras durchbrachen. Darunter, wussten wir, lag Schicht um Schicht: Assur und Zypern, tausend syrische Völkerschaften, beeinflusst von Meervölkern und Ägyptern, und von den mächtigen Hethitern Kleinasiens. Aber der Regen wusch höchstens römische Skelette und byzantinische Lampen rein.

Namen? Hethitische Vogelgesichter? Die Beduinen wussten nichts. Ihre Hunde, mit verstümmelten, oft noch blutigen Ohren, kläfften unsere Pferde an. Und es ging weiter, im Regen, die Steinwüste verwandelte sich allmählich in Lehm, der schwer an den Hufen hing.

Wir waren am vorigen Abend nach Aleppo gefahren und hatten den Fliegerhauptmann Poiret in der Bar Parisiana gefunden, natürlich betrunken, wie immer. Er hatte uns eine Flugaufnahme gezeigt, mit hundert Ruinenhügeln. „Aber wenn ihr etwas Genaues wissen wollt, ihr habgierigen Schurken ..." – denn er hielt amerikanische Ausgräber für Grabräuber –, „dann fragt den Leutnant, der dort oben die topographischen Aufnahmen macht. Der wird es euch schon verraten."

Dorthin ritten wir heute. Es war ein weiter Weg, unsere Begleiter waren unzufrieden. Wir ritten nordwärts, über die Ebene, die einem Meer glich, wir verliessen den Fluss, die römischen Ruinen, die Strasse, die standhielt den Versuchungen, wir verirrten uns, weit war Dukiane, und sehr weit der Hügel der Zitadelle von Aleppo, der sich eine Weile noch tröstend am Rand der Regen-Welt erhoben hatte.

Auf der Geröllhalde glitten die Hufe unserer Pferde aus. Ihre Leiber dampften, ihr Fell glänzte von Schweiss. Regen floss von ihren Hälsen.

Oben stand eine einzige Baracke, dort, im Wind, der von einem dunklen Gebirgskamm geisterhaft herüberstrich, preisgegeben der grossen Trauerfahne, entrückt der Ebene, wohnte allein der Leutnant.

Wir klopften, ein arabischer Bursche in französischer Uniform öffnete uns. Durch eine zweite Tür kamen wir in das Zimmer. Der Leutnant war krank. Er lag auf seinem Feldbett, bis zum Halse zugedeckt. Der Bursche flüsterte. „Herren", sagte er, „es ist das Fieber. Jetzt schläft mein Herr, Allah behüte ihn. Aber wenn er erwacht, wird das Fieber steigen."

„Bring Tee", sagte Tobby.

Der Bursche verschwand, schloss die Tür hinter sich. Wir sahen uns um. Im Zimmer standen, ausser dem Feldbett, ein Tisch und zwei Militärkoffer, alles mit Karten bedeckt. An der Wand hingen Helm und Mantel des Offiziers. Wir schoben die Karten weg und setzten uns auf die Koffer.

„Ob wir ihn wecken?" flüsterte Tobby, „aber wenn er *sehr* krank ist, nützt es gar nichts. Dann kann er uns ja gar nichts erklären!"

„Lass ihn", sagte Kade.

Der Bursche kam zurück, er trug die kleinen Teegläser auf einem Tablett aus Blech, stellte sie sorgfältig auf den Tisch.

„Was fehlt dem Leutnant?" fragte ich.

„Es ist das Fieber", sagte er, „aber es wird vorbeigehen. Mit dem Regen wird es vorbeigehen."

„Hat er es oft?"

Der Bursche hob bejahend den Kopf. „Wenn es regnet", sagte er.

Der Leutnant richtete sich plötzlich auf. „Sie müssen mich entschuldigen”, sagte er, seine Stimme war merkwürdig klar. „Ich hätte Sie gern besser empfangen.”

„Bleiben Sie liegen”, sagte Kade.

Der Kranke sank zurück, sein Gesicht war gerötet, sehr jung, ein Schulknaben-Gesicht.

Ich stand auf, ging an sein Bett: „Es ist an uns, sich zu entschuldigen”, sagte ich, „wir kommen von Dukiane und wollten Ihre Karten sehen. Wir suchen einen Hügel.”

Er sah mich an, verstand nichts. „Meine Karten”, sagte er seufzend, „wenn Sie wüssten, wie schwierig das alles ist.”

„Es handelt sich nur um einen Hügel ...”

Ich sah vor mir, was er von der Plattform seiner Baracke aus überblicken mochte: die grosse Ebene, hunderthügelige, unseres Landes. Dörfer, den Orontes, in der Ferne eine Gebirgskette. Und Schritt für Schritt mass er aus, allein mit seinem arabischen Burschen. Sinnlos, dachte ich, was wir da von ihm verlangen, sinnlos, was man von ihm verlangt. Dabei ist er noch fast ein Kind.

„Ich kenne alle Hügel”, sagte er, „aber sie haben keine Namen. Ich bin auch kein Archäologe.” Und fügte, nach Atem ringend, hinzu: „Ich verstehe nichts von Hügeln, nichts von diesem Land. Es ist alles so schwierig ...”

„Malaria?” fragte Tobby.

Der Leutnant sah zu ihm hinüber. „Hier soll es

ja keine Malaria geben", sagte er, „aber ich war einmal drüben, in den Malariagebieten –", wir fragten nicht wo, „und jetzt, bei diesem Regen ..." Er verstummte, wir sahen, wie das Fieber seinen Körper ergriff. Er wurde sehr blass, Kälte schüttelte ihn, es half nichts, ihm Tee einzuflössen. Wir legten seinen Mantel über die Decke, das Zittern stieg von den Füssen bis zu den Schultern, ergriff das Kinn. Sein Gesicht verwandelte sich, wurde gespannt, er fürchtete sich, seine Hand umklammerte mein Knie. „Seit drei Tagen", klagte er, „seit drei Tagen dieser Regen!"

Ich sah Tobby am Tisch über eine Karte gebeugt, Kade unschlüssig neben ihm stehen. Es war fünf Uhr, Zeit, zurückzureiten. Es war schon fast dunkel. Wir würden den Weg verlieren. Wir würden keinen Hügel finden. Wir würden nicht mehr nach Hause finden.

„Es wird auch nicht mehr lange dauern", sagte ich zu dem Leutnant, „Sie kennen sich doch aus, Sie wissen doch, dass Malariaanfälle nicht ewig dauern."

„Ach", sagte er, „es ist nicht wegen der Malaria. Es ist wahrhaftig nicht wegen des bisschen Fiebers." Röte drang jetzt schnell in seine Kinderstirn. Das Fieber stieg rasch, er würde sich besser fühlen.

„Sie müssen Heimaturlaub nehmen", sagte ich, über ihn gebeugt. Er starrte mich an, schon ein wenig beruhigt.

„Sehen Sie", sagte er mit einem kleinen Lächeln,

„wie wenig das Fieber bedeutet. Jetzt bin ich schon ganz heiss, und dann träume ich."

„Schickt man Ihnen keinen Arzt?"

„Von Aleppo?" fragte er, „aber ich kann ja nicht berichten. Und dann – ich habe mich freiwillig gemeldet. Ich muss die Karten fertig zeichnen. Ich *muss!*"

„Wenn Sie gesund sind."

Er drehte sich plötzlich zur Seite, schob ein wenig die Decke weg, näherte sich mir. „Ich werde nicht gesund", flüsterte er, „ich habe die tropische Malaria, und ich habe so viel getrunken, dass ich es nicht mehr überstehen kann. Ich kann keine Chininspritzen überstehen. Ich werde – diesen Regen – nicht überstehen." Er sah mich entsetzt an. „Deshalb habe ich mich hierher versetzen lassen", flüsterte er hinzu. Ich schob ihm die Decke wieder über die Brust.

„Wie alt bist du?" fragte ich.

„Dreiundzwanzig."

„In diesem Alter hält man alles aus. Wir werden dich nach Aleppo holen lassen. Noch heute fährt unser Chauffeur hinüber. Wie heisst dein Kommandant?"

Er antwortete nicht mehr. Sein Körper streckte sich aus, Zittern und Frost waren von ihm gewichen. Er schlief, wie es schien, fast ohne Atem, wie kleine Kinder schlafen.

Tobby stand neben mir. „Jetzt müssen wir gehen", sagte er leise. Unter der Tür stand der französische Unteroffizier. „Jetzt müssen wir gehen", wiederholte er.

Draussen hatte der Regen aufgehört. Ein sanfter, von Nebel verhangener Nachthimmel lagerte über der Ebene. Wir bestiegen die Pferde, die Soldaten folgten. Im Schritt ritten wir die Geröllhalde hinunter.

Tobby fuhr noch in derselben Nacht mit Hussein nach Aleppo und benachrichtigte die Garnison. Man konnte mit dem Auto nicht bis zur Baracke des Leutnants gelangen, er wurde von Sanitätern bis zur Landstrasse gebracht, und verfiel während der darauffolgenden Nacht in Agonie. Man gab ihm Chininspritzen, aber sein Herz hielt nicht stand. Tobby, Kade und ich hatten ihn noch besuchen wollen, man liess uns lange im Wartezimmer des Militärspitals warten. Eine halbe Nacht lang wussten die Ärzte nicht, ob der Dreiundzwanzigjährige noch in der Agonie lag, oder schon gestorben war.

Der Abschied

Poiret und der Algerier standen sich gegenüber. „Wohin?" fragte Poiret. Der andere antwortete nicht. Poiret war nicht sein Vorgesetzter, wenn er es sich auch anmasste, nur weil er Europäer war und zu den Fliegern gehörte, der feinsten Waffe. „Sie handeln unkameradschaftlich", sagte Poiret gereizt, „die Garnison von Aleppo feiert Weihnachten. Es ist noch nicht Mitternacht. Soviel ich weiss, müssen Sie erst morgen um fünf Uhr kontrollieren, ob Ihre Neger die Pferde füttern. Das hat Zeit!"

„Das hat Zeit", sagte gelassen der Algerier. Poiret betrachtete ihn, seine hohe, hellbraune Stirn unter dem helleren, hochgeschlungenen Turban, die blauen Augen – die schönsten Augen von Aleppo, wurden sie genannt. Ein schöner Mensch, wusste Poiret, ein strahlender, blonder Afrikaner, der manchmal lustig ist, immer von hinreissender Heiterkeit, und sich niemals zum Zorn reizen liess. Er selbst, Poiret, hatte eine kalkgraue Haut, das kam vom Trinken, und er war jähzornig. Er hasste die Afrikaner, diesen mehr als alle anderen. Er hasste ihn, weil man den Algerier zum Offizier gemacht hatte. Und wegen seiner offenbaren, strahlenden

Schönheit. Die schönsten Augen von Aleppo ...

„Ich bin Mohammedaner", sagte der junge Mensch mit dem Turban, „bei uns feiert man andere Feste."

„Wie sie eben fallen", sagte Poiret schnell und böse, „hüten Sie sich mit Ihren Festen." Es war eine Drohung, und Poiret drehte sich zornig um, er hatte zuviel gesagt.

Der Algerier sah ihm nach. Dieser Hochmut, dachte er, dieser unwürdige, dumme Hochmut! Er liebte Algier; Frankreich, in dessen Dienst er stand, kannte er nicht. Er wusste nicht, was Patriotismus war, und er konnte nicht verstehen, dass Liebe, die Liebe zum eigenen Land, als Hochmut auftreten sollte. Dass man ihm Verachtung zeigte, verstand er nicht: Diente das der Grösse Frankreichs?

Er warf sein helles Cape um die Schultern und ging. Die Nacht war kalt. Feuer brannten an den Strassenecken, daran wärmten sich die Droschkenkutscher, die Pferde standen in weissen Dampf gehüllt. Die Zitadelle, mitten in der Stadt, schickte des Weihnachtsfestes wegen einen Kranz von Lichtern aus, wie Sterne standen und funkelten sie im Himmel. Noch nicht Mitternacht, dachte der Algerier, ich hätte mir Zeit lassen können. Ich hätte Poiret nicht zu reizen brauchen. Er lief dennoch schnell, wie es seine Gewohnheit war. Die Luft kühlte sein Gesicht, er atmete tief, noch hatte er Rauch und den Pomadengeruch von den Köpfen seiner Kameraden, die verbrauchte Dumpfheit des

Offizierskasinos in seiner Erinnerung. Er schüttelte sich, lief, lachte plötzlich vor sich hin. Was geht es mich an, dachte er, was gehen mich die französischen Herren an, was dieser arme, vom Jähzorn geplagte Poiret! Er dachte daran, dass er bald versetzt werden würde, jeden Tag konnte ihn der Befehl erreichen. Er würde Aleppo verlassen, vielleicht schickte man ihn zurück nach Algier, vielleicht in die Wüste. Auch die Wüste liebe ich, dachte er, ganz erfüllt von jähem Glücksgefühl. Ich werde reiten, ich werde ein Krieger sein, ich werde die grosse Nachtluft der weissen Wüste atmen. Er vergass, dass er sie schon einatmete, so wie sie über die kahlen Ebenen Nordsyriens hier hereingeweht kam, in die tausend Gassen der Stadt Aleppo. Oben, auf der Zitadelle, stand ein Fremdenlegionär und hatte Heimweh ...

Mein helles Cape! dachte der Algerier, es ist nicht sehr schwer, mich zu verfolgen – Er bog von der dürftig erleuchteten Hauptstrasse in Gassen ab, wo fast völlige Dunkelheit herrschte. Sein Cape und der Turban über seiner Stirn leuchteten wie im Mondlicht. Er ging jetzt langsamer, einen komplizierten Weg. Die letzte Gasse war lang, endete an einem Droschkenhalteplatz, er sah das Feuer und ging darauf zu. Plötzlich, ohne auch nur den Schritt verlangsamt zu haben, war er in einer dunklen Türöffnung verschwunden. Er tastete sich eine steile Treppe hinauf, es roch nach Kellerfeuchtigkeit, wie durch einen Schacht drang ein kühler Luftzug. Der Algerier befand sich in einem der alten türkischen Häuser von Aleppo, die sich engbrüstig, mit hölzernen Fenstergittern und Schnitzwerk an den Fassaden über die Gassen neigen. Im zweiten Stockwerk brannte Licht. Der Algerier klopfte, wartete, an die Wand gelehnt, bis die Tür einen Spalt weit geöffnet wurde. Die alte Frau erkannte ihn, liess ihn ein. Er stand im schlecht gelüfteten Vorraum, hörte, wie auf beiden Seiten Türen geöffnet wurden, sah Mädchen mit grellfarbigen Tüchern dürftig verhüllt, dann schlossen sich die Türen wieder. „Wo ist Valentine?" fragte er laut. Er versuchte, damit die Beklemmung zu verscheuchen, die doch nur verursacht war von der zu süssen, zu verbrauchten Luft, von dem verschleierten Licht der Lampe, von dem schwankenden Bild der bunten Mädchen. „Wo ist Valentine?" wiederholte er. Er hörte zuerst nichts, dann ein Schlurfen im Korridor und die Stimme der Alten: „Sie hätten früher kommen sollen. Gedulden Sie sich ein bisschen."

„Das ist ja neu", sagte er gereizt, „dass Valentine mich warten lässt." Für sich dachte er: Es ist Weihnachtsabend, die Leute wollen sich amüsieren. Ich, ich bin Mohammedaner, mich geht das gar nichts an. Aber Valentine geht mich etwas an. Und ausserdem ist es vielleicht der Abschied. Während er auf der schmalen Bank wartend sass, dachte er nicht an Valentine, sondern an die Wüstennächte, die ihn erwarteten, nach diesem Abschied ...

Er schreckte auf. Die Tür des „Bureaus" war geöffnet worden, Etienne lief sonderbar hastig durch den Vorraum, man hörte ihn nach der Alten schreien. Ihm folgte Brandgeruch, und eine gespenstische Gestalt, schwarze Seide, durchbrochene Spitzen vor der Brust, ein Gesicht, grau gefleckt vor Angst, grau wie die Schminke unter den von Entsetzen leeren Augen. „Madame Anaïs!" rief der Algerier. Wo ist Valentine, wo ist Valentine, dachte er, als er schon wusste, dass Feuer ausgebrochen war, dass die alte Türkenfassade vor Hitze glühte, dass ein weisser Vorhang als brennende Fahne über der Gasse wehte. Er stand noch unschlüssig da, sah, wie alle Türen plötzlich offen waren, Männer zuerst hinausstürzten, fast alle in Uniform, fast alle Offiziere von der Garnison, vielleicht Flieger? Hinter ihnen huschten die Mädchen hinaus, verstört, sonderbar leise, und zuletzt Madame Anaïs. Er folgte langsam. „Es ist ja gar nicht so schlimm", murmelte er, „das passiert doch in Aleppo fast alle Tage, wenn auch nicht in einem solchen Haus." Dann befand er sich in der Gasse, die Offiziere waren verschwunden, aber Kutscher kamen herbeigeeilt, auch Polizei, man lief die Treppe wieder hinauf, oben war die Vorhang-Fahne nur noch ein Fetzen, und während von der glühendheissen Holzfassade Funken in die Gasse fielen, ein Schlauch dagegen seinen Wasserstrahl emporsandte, brannte oben, im zweiten Stockwerk, das Zimmer der Madame Anaïs aus, und sonst nichts.

Aufruhr herrschte nur noch in der Gasse, wo zitternd vor Schrecken und Kälte die Mädchen sich aneinanderdrängten, barfüssig, im Hemd die einen, bunt gekleidet die anderen, alle jedoch furchtbar entblösst, und schon flogen Witze hin und her, von den Araberburschen zu den Kutschern, und Madame Anaïs, eben noch ganz verstört, richtete sich auf, trieb mit einer Handbewegug den Schwarm ihrer Schützlinge in die dunkel wartende Türöffnung.

Einen Augenblick später folgte ihnen der Algerier die Treppe hinauf. Er dachte: Ich hätte Valentine mein Cape umhängen sollen, sicher hat sie sehr kalt gehabt. Aber ich habe sie kaum erkannt, sie war so klein unter all den Bunten. Und überdies –, er schüttelte ein wenig den Kopf, *das* hätte ich mir, als französischer Offizier, doch wohl nicht leisten können ... Im Vorraum war es still, nicht einmal die alte Frau war da. Man hörte die Mädchen in den Zimmern flüstern, die Türen waren so dünn, vielleicht nur angelehnt? Er klopfte und trat in das „Bureau" ein. Dort sass, am Tisch unter der trüben Lampe, Etienne, den Kopf in die Hände gestützt. Auf dem Sofa lag ausgestreckt und mit geschlossenen Augen Madame Anaïs. Wie verwüstet war sie jetzt, die Spitzen vor der Brust verschoben, man sah einen müden Hals, darüber viel Schminke, der Mund zum Stöhnen geöffnet. Aber sie schlief ...

„Monsieur Etienne", sagte der Algerier, „das war ein falscher Alarm. Das kommt doch in Aleppo alle Tage vor."

Etienne nickte. „Aber Madame Anaïs", sagte er, „ich glaube, dass sie sehr krank ist. Sie ist auf ihrem Bett eingeschlafen, mit der Zigarette in der Hand. Ich glaube, dass sie bald sterben wird."

„Sind Sie schon lange mit ihr zusammen?" fragte der Algerier.

Etienne überhörte es, halblaut fuhr er fort: „Ich werde dann nach Paris gehen. Ich habe genug von diesem Land." Man hörte die Schlafende stöhnen, als atme sie noch Rauch und Brandgeruch ein. „Kennen Sie Paris?" fragte Etienne. „Wissen Sie, was man dort anfangen kann?"

Der Offizier zuckte die Achseln. „Dort wird es auch nicht leicht sein", sagte er. Sie sassen eine Weile schweigend, der Algerier betrachtete Madames verwüstetes Gesicht. Draussen vernahm man die Stimmen neuer Gäste, alles nahm seinen gewohnten Lauf. Ein Mädchen trat ohne anzuklopfen herein, legte Geld vor Etienne auf den Tisch, verschwand wieder.

„Es wird eine gute Nacht", sagte Etienne, „dieses verdammte Feuer hat Reklame gemacht."

„Ja", sagte der Algerier, „ich wusste gleich, dass es nicht so schlimm sein würde."

Etienne: „Teuer genug, ein ganzes Zimmer leer gebrannt, sie hätte es doch noch eine Weile gebraucht."

Der Algerier wandte unwillkürlich wieder den Kopf nach der Schlafenden, da sah er, dass sie die Augen geöffnet hielt.

„Etienne", sagte sie, „warum bieten Sie dem Leutnant nichts zu trinken an?" Etienne erhob sich wortlos. „Du kannst auch Valentine rufen", setzte sie hinzu, und, als er die Tür hinter sich geschlossen hatte, zu dem Offizier: „Deshalb sind Sie doch hergekommen, wegen Valentine? Ach, die Mädchen werden schrecklich aufgeregt sein, nach diesem Alarm."

„Und Sie, Madame, fühlen Sie sich etwas besser?"

„Es ist nichts", sagte sie, „ich habe vor einiger Zeit einen Arzt rufen lassen." Sie sank zurück, ihre Augen füllten sich mit Angst.

Der Offizier fragte: „Was hat der Arzt gesagt?"

Sie stöhnte, sah ihn an. „Es ist nichts", wiederholte sie, „man kann gar nichts dagegen machen. Ich bin schon seit vielen, vielen Jahren krank." Sie flüsterte es, um die Gefahr zu beschwören: „Aber Etienne glaubt, dass ich bald sterben werde!"

Der Algerier konnte auf einmal den Anblick ihrer Hoffnungslosigkeit nicht mehr ertragen. Plötzlich kam er sich lächerlich vor, in seiner hellen Uniform, in diesem Zimmer eines Zuhälters, zusammen mit der sterbenden Madame Anaïs. Er sprang auf.

„Ich werde Ihnen einen anderen Arzt schicken", sagte er, „und wegen Etienne brauchen Sie sich doch nicht zu fürchten. Was versteht er denn davon!" Aufgebracht ging er bis zum Tisch, wo das Geld lag, bis zum verhangenen Fenster, und sehnte sich fort, hinaus, in die Strassen, wo Feuer brannten und Wind wehte, in seine Pferdeställe. Valentine, dachte er, ich bin doch gekommen, um von Valentine Abschied zu nehmen!

Hinter ihm flüsterte Madame Anaïs: „Seien Sie nicht ungeduldig, Valentine wird schon kommen. – Oh", stöhnte sie, „es ist ja nur wegen der Schmerzen. Werden Sie mir wirklich einen Arzt schicken?"

Er war schon an der Tür, da kam Etienne zurück. „Die Fliegeroffiziere sind gekommen", sagte er und sah den Algerier nicht an. Grob fuhr er fort: „Mussten Sie, ein Afrikaner, sich denn gerade den Weihnachtsabend aussuchen? Wussten Sie nicht, dass diese Herren es nicht erlauben, dass wir hier Afrikaner haben?"

„Wo ist Valentine?" fragte der junge Algerier, von rasender Ungeduld ergriffen und bereit, alle Beleidigungen zu überhören.

Vom Sofa her sagte Madame Anaïs: „Bring den Herrn Leutnant sofort in Valentines Zimmer. Lösch das Licht im Vorraum aus, sie erkennen ihn dann nicht." Und zu dem Algerier: „Aber bleiben Sie nicht lange, es gibt sonst einen Skandal."

„Natürlich setzt es einen Skandal ab", murmelte Etienne, aber er gehorchte.

Der Junge stand endlich Valentine gegenüber. Sie war vom Bett aufgesprungen. „Mon Dieu", sagte sie, noch blass vor Schrecken: „Mein Gott, du bist es! Was für eine Nacht!" Sie war nicht geschminkt, trug auch nur das graue Kittelkleidchen, in welchem er sie zum ersten Mal gesehen hatte, damals, als sie „frei" hatte. „Also", sagte sie, „es ist nicht genug mit der Feuersbrunst und dem Weihnachtsabend und den Fliegern. Du musst unbedingt auch noch kommen."

„Ja", sagte er, „ich hatte es dir doch versprochen!"

Sie ging zu dem niedrigen Tischchen neben der verhüllten Lampe, nahm Zigaretten, bot ihm eine an, liess sich Feuer geben. „Das hat mir noch gefehlt", sagte sie, „und draussen sitzt dein Freund Poiret und wird mich vermutlich nachher umbringen. Er wird die Tür eintreten."

„Ich bin ja da", sagte der Junge, „vor mir hat er Angst."

„Aber du bist ein Afrikaner!"

„Was bist du, Valentine?"

Sie sah zu dem Bild Valentinos auf, Tscherkessenmütze und blitzende Zähne. „Ich", sagte sie, „ich bin zwanzig Jahre alt. Ich bin Griechin. Ich gleiche Valentino." Sie lächelte, als sie das Bild ihres Namensbruders betrachtete. „Aber du bist schöner als er", fügte sie hinzu.

„Ausserdem ist er schon lange tot", der Afrikaner lächelte.

„Weisst du das genau? Werden wir beide noch sehr lange leben?"

„Du, Valentine, bist doch erst zwanzig Jahre alt!"

„*Wir,* wir *beide*!"

„Ich bin Soldat", sagte er schroff, „davon verstehst du nichts." Sie verstummte. Er trat plötzlich zu ihr, sah ihr in das blasse, etwas zu weiche Gesicht. „Valentine", sagte er, „du weisst doch, dass ich fort muss."

„Wegen Poiret? Ja, du hast recht." Man hörte draussen eine Männerstimme rufen. „Er ruft schon nach mir", sagte Valentine, sie rührte sich nicht.

Der Algerier: „Aber Valentine, das ist es doch nicht. Ich muss fort. Dies ist mein letzter Abend. Vielleicht", fügte er leiser hinzu. Das Mädchen hob plötzlich die Arme, bis zu seinen Schultern, er ergriff sie, so standen sie schweigend, sahen sich suchend ins Gesicht, und ihre Blicke, die nicht voneinander weichen konnten, trennten ihre Umarmung.

„Konntest du mir das nicht früher sagen?" fragte sie. „Ach ihr Männer, ihr Männer ... Warum bist du heute nicht früher gekommen? Ganz früh, als noch niemand da war? Ach, ich hätte dich bei mir behalten, ich hätte mich schon für dich frei gemacht!"

Er neigte seine helle Stirn ein wenig. „Aber Valentine", sagte er, „am Weihnachtsabend – und Poiret und all die anderen Männer vor der Tür!"

„Ich hätte mich schon für dich frei gemacht!" wiederholte sie, jetzt das Gesicht an seinem Hals, ihr kleines Kinn an seinen Hals gepresst.

Draussen wurde mit Stiefeln gepoltert, an die

Tür gepoltert, eine dünne, schlecht verschlossene Tür, Männerstimmen riefen: „Valentine! Aufmachen, Valentine!"

Sie erstarrte, der Algerier hielt sie fest, und ganz starr flüsterte sie: „Die da draussen, das ist nur Beruf, verstehst du, wenn ich jetzt aufmachen muss, weil sie sonst die Tür eintreten."

„Valentine", sagte er, „sie haben alle Angst vor mir."

Sie flüsterte: „Aber mit dir war es anders, dich liebte ich –" und liess ihn los. Draussen schwollen Stimmen und Gepolter zum Tumult an. Das Mädchen liess die Tür nicht aus den Augen. „Höre", sagte sie, „ich werde allein aufmachen, und du –"

Er stand hinter ihr, als sie die Tür öffnete. Sie standen davor, Kopf an Kopf, unter ihnen Poirets graues, wütendes Gesicht. Ehe sie sich's versahen, bückte sich der Algerier, schoss zwischen ihnen hindurch, war schon auf der Treppe. Er stürzte beinahe die hohen Stufen hinunter, dem Ausgang zu, hinter ihm hörte er sie den dunklen Schacht hinabpoltern, er war auf der Gasse, lief, und im Laufen lachte er. Alle betrunken, dachte er, die ganze Bande. Er lief über den Platz, wo die Droschkenkutscher am Feuer sassen, lief durch eine andere Gasse, parallel zur vorigen, zurück, hörte drüben seine Verfolger, lachte, atemlos. Dann wurde es still. Er erreichte die grosse Strasse, die zur Zitadelle führte, und begann, langsamer zu gehen. Keine Lichter mehr, weiss hob sich der Morgenhimmel. Ich habe mein Cape vergessen, durchfuhr es ihn, sie werden es bei ihr finden –, und bemerkte gleichzeitig, dass er es um seine Schultern trug. Valentine musste es ihm umgehängt haben, im letzten Augenblick. Valentine, dachte er, ach Valentine, aber er dachte nicht mehr an Liebe, nur an das, was vor ihm lag: unbestimmt, im weissen Morgennebel.

Beni Zainab

Nach Anbruch der Dunkelheit fuhren wir zwei Stunden lang, ohne genau zu wissen, ob wir noch auf der richtigen Spur waren. Wir hatten seit dem letzten Wegzeichen mindestens ein Dutzend Spuren gekreuzt und hatten immer versucht, die Hauptrichtung beizubehalten und der grössten Spur zu folgen. Aber in Wirklichkeit sahen alle Spuren gleich aus, besonders bei Nacht, und wir fuhren auf gut Glück geradeaus in die Wüste hinein. Die Wüste lag schwarz vor uns, unter einem etwas helleren Himmel. Die Scheinwerfer warfen ihr Licht voraus auf die Spuren, die sich teilten und in der Ferne, die man nicht mehr erkennen konnte, wahrscheinlich wieder zusammenliefen. Wir hatten das am Tag oft genug beobachtet: Eine Strecke weit lief eine einzige, breite Spur wie eine gewöhnliche Strasse dem Horizont zu, dann kamen Hügel und teilten sie in zwei oder drei Arme oder in ein ganzes Bündel von Armen, die scheinbar weit auseinanderstrebten. Aber sobald die Wüste wieder flach wurde, fanden sie sich wieder, und man sah von weither, wie sie zusammenkamen.

Es gab Ausnahmen, Spuren die abzweigten und sich selbständig machten, um eine Garnison, eine

Station der Pipeline oder eine Oase zu erreichen. Und in der Dunkelheit, während wir immerzu in die schwarze Wüste hineinfuhren und sie kein Ende nehmen wollte, hatten wir das Gefühl, von der Spur nach Palmyra abgekommen zu sein. Der Benzinzeiger sank.

„Wie viele Kilometer waren auf dem Wegstein angegeben?" fragte mich Claude.

„Sechzig", sagte ich.

„Und wie viele haben wir seither gemacht?"

„Etwa fünfundachtzig."

Ich rauchte während des Fahrens. Wir hatten seit dem Frühstück nichts gegessen ausser ein paar Orangen, und Rauchen war gut gegen das Gefühl von Leere, das sich in Kopf und Magen einstellte. Es war auf jeden Fall gut.

„Sag mal", hörte ich Jean, „glaubst du, dass wir noch auf der richtigen Spur sind?"

Ich wusste es nicht und zuckte die Schultern.

„Ich dachte es mir", sagte Jean.

Wir fuhren eine Weile, ohne zu sprechen. Dann sahen wir links vor uns eine Reihe von Lichtern, und ich verliess die Spur und fuhr darauf zu. Es ging bergauf, über ein mit Steinen besätes Plateau und zwischen zwei kleinen Pyramiden hindurch, die offenbar als Male hier aufgerichtet waren, dann wieder bergab in die schwarze Ebene. Wir entdeckten ein paar Beduinenzelte und hielten an. Es waren fünf oder sechs Zelte aus schwarzem Ziegenhaar, die Eingänge waren schon verschlossen, und aus den Spalten drang ein wenig rötliches Licht hervor. Jetzt, als wir dicht bei den Zelten hielten, konnten wir nicht begreifen, dass wir das Licht von weitem überhaupt gesehen hatten.

Wir liessen den Scheinwerfer, der an der Scheibe in einem Kugelgelenk befestigt war, über das Lager gleiten. Hinter den Zelten lagen Kamele. Ein Lamm war an einem Zeltpfosten festgebunden und schlief, den Kopf neben dem Pfosten. Der Scheinwerfer glitt über die Zelteingänge, und wir gaben ein Signal und versuchten, jemanden im Lager zu wecken. Ich drehte mich um nach unserem Chauffeur, der sich ausruhte, und sagte ihm, dass er aussteigen und zu einem der Zelte gehen solle. „Du kannst doch Arabisch", sagte ich, „du bist doch ein Ägypter."

„Nein", sagte er, „sie verstehen mich nicht." Er hatte Angst auszusteigen.

Endlich trat ein Mann aus dem Zelt, das uns am nächsten war. Er kam nicht zum Wagen, sondern blieb vor dem Zelt stehen und hielt den Filz vor dem Eingang ein wenig zur Seite, so dass das Licht aus dem Zeltinnern auf uns fiel.

„Frag ihn, wie man nach Palmyra kommt", sagte ich zum Chauffeur.

„Bei den Beduinen heisst es Tadmor", sagte Claude, „frag ihn nach dem Weg nach Tadmor."

Der Chauffeur rief etwas zu dem Mann hinüber. Er sprach ägyptisches Arabisch, und man konnte sehen, dass es dem Mann Mühe machte, ihn zu verstehen. Er wies mit der Hand nach rechts. Als wir wegfuhren, schossen ein paar grosse Schäferhunde aus dem Dunkel und liefen gestreckt neben dem Wagen her. Der Chauffeur beugte sich aus dem Wagen und schimpfte auf sie hinunter, und sie antworteten grollend. Dann rief der Mann von den Zelten her, und sie hielten mitten im Lauf an und verschwanden. Wir hatten jetzt wieder eine Spur vor uns, und wir fühlten uns zuversichtlich und begannen zu singen. Der Wind blies uns in den Rükken und trug den Ton verstärkt und voll vor uns her.

„Soll ich dich etwa ablösen?" fragte Claude dazwischen.

„Nein", sagte ich.

„Du brauchst es nur zu sagen –", und dann sang er allein weiter, während ich auf die Spur achtgab. Von einer Anhöhe aus sahen wir plötzlich eine Reihe von Lichtern, weit auseinandergezogen wie die Lichter einer Bahnlinie. „Das ist wohl die Promenade der Königin Zenobia", sagte Claude.

Wir bogen in ein Tal ein, und die Lichter verschwanden. Wir sahen auf beiden Seiten des Tals Türme und schlossen daraus, dass wir uns im „Tal der Gräber" befinden mussten.

Gleich darauf tauchten die Lichter wieder auf, und wir konnten vor uns ein grosses Trümmerfeld und einige hohe, leichte, wunderbar luftige und schwerelose Säulenreihen erkennen.

Claude richtete sich auf. „Da sind wir ja schon mitten in der Residenz", sagte er.

„Wo wohnt sie wohl?" fragte ich.

„Wen meinst du?"

„Deine Zenobia natürlich."

„Ach so", sagte er, „wir werden fragen. Wir werden einen ihrer Untertanen fragen."

Wir fuhren geradeaus in das Ruinenfeld hinein, und die Spur endete zwischen umgestürzten Säulen und weissen Quadern, und wir kehrten um und kamen auf eine breite Strasse, die zu der Stadt hinunterführte.

„Halt an", sagte Claude, „ich werde diesen Palmyrenser befragen." Er winkte einem Araber, der aus der Richtung der Stadt kam. „Madame d'Elbros", rief er. Der Araber hob die Schultern und ging vorbei.

„Na", sagte ich, „wahrscheinlich ist sie hier unbekannt."

„Der Mann war schwachsinnig", sagte Claude. „Überdies muss die Dame einen arabischen Namen haben."

„Vielleicht nennt sie sich Zenobia."

„Ach Unsinn. Sie ist Chef eines Beduinenstammes und hat einen Beduinen-Namen."

„Wir wollen dem Mann nachfahren und ihn nach der Königin Zenobia fragen", sagte ich. Wir holten ihn ein, und ich fuhr langsam neben ihm her und rief: „Zenobia?"

„Lass doch den Unsinn", sagte Claude. Der Mann blieb stehen und wies mit dem Arm über das Ruinenfeld hinweg nach links.

„Woher wusstest du diesen Unsinn?" fragte Claude.

„Es ist das Hotel, das so heisst", erklärte ich, „es ist überall in Syrien angeschlagen. Sagtest du nicht, dass Madame d'Elbros Besitzerin eines Hotels in Tadmor ist?"

„Ich sagte, sie sei Besitzerin eines Beduinenstamms."

„Lass sie", sagte ich, „sie ist ganz einfach vielseitig. Sie hat ein Hotel und einen Beduinenstamm und einen christlichen Gatten von bestem französischem Adel, und einen Greuel von einem Muselmann-Gatten."

„Der ist tot", sagte Claude, „und vom besten Adel hat sie sich scheiden lassen. Darüber spricht man nicht in besseren Kreisen."

„Wie froh ich bin, wieder in bessere Kreise zu kommen!" sagte ich.

Wir hielten vor dem Hotel, welches allein am Rand der Ruinen lag. Die Tür war offen, und man sah in eine grosse, angenehm erleuchtete Halle hinein. Zwei Beduinen halfen uns, das Gepäck aus dem Wagen zu nehmen, und ich stieg wieder ein, um den Wagen um das Haus herum in den Hof zu bringen. Ich sass am Steuer, als Madame d'Elbros auf die Treppe herauskam und die flachen Stufen hinunter auf Claude zulief. Sie war klein und schmal, und sie trug lange, weite Strandhosen und ein dünnes Brusttuch, welches ihre Schultern und ihren braunen Rücken freiliess. Sie hatte braune, sehnige Arme und einen schmalen Hals, und sie trug die Haare im Nacken in einem kleinen Knoten. Ungemein lebhaft lief sie Claude entgegen und schüttelte seine Hände, sie schickte die Beduinen mit dem Gepäck ins Haus und kam wieder zurück und sah ihn von allen Seiten an. „Also doch", sagte sie, „es gibt also noch Leute, die ihre Versprechen halten."

„Und ob", sagte Claude. Er sah zu mir herüber, und ich stieg aus und liess den Chauffeur den Wagen wegfahren. Madame d'Elbros kam endlich dazu, uns ins Haus zu bringen. Ein Mann mit einem grauen Schnurrbart führte uns durch einen langen, engen, sehr hohen Gang, der kühl wie ein Keller war. „Hier sind Ihre Zimmer", sagte er. „Madame d'Elbros wünscht, dass Sie die besten Zimmer bekommen. Ich werde mich inzwischen um das Nachtessen kümmern." Er schien eine Art von Haushofmeister zu sein.

„Machen Sie bloss keine Umstände", sagte Claude.

„Hindere ihn nicht", sagte ich, „ich habe einfach entsetzlichen Hunger."

Als wir später in der Halle beim Essen sassen, kam Madame d'Elbros noch einmal hinein. Ich beobachtete sie, wie sie die Tür mit dem Moskitogitter aufstiess und wie alles an ihr gespannt und voller Erwartung war, wie eine Bogensehne, die nur darauf wartet, einen Pfeil in hohem Bogen abzuschnellen. Sie kam durch die Halle, in Eile, warf sich uns gleichsam entgegen. Die Hände auf den Tisch gestützt, begann sie schnell zu reden. „Es tut mir so leid", sagte sie, „ich hätte mich heute abend gern um Sie gekümmert."

„Wir gehen gleich schlafen", sagte Claude.

„Es tut mir trotzdem leid", sagte sie. „Aber ich muss in die Stadt, um etwas mit meinen Leuten zu besprechen." Sie wandte sich an mich. „Sie wissen doch, dass ich jetzt meine eigenen Leute habe?"

„Ist es also gelungen?" fragte Claude.

„Natürlich", sagte sie. „Jetzt habe ich fünfzehn Leute. Ich werde bald mehr haben. Ich sammle alle, die so arm sind, dass sie sich keine Schafe mehr halten können, und alle, die zu keinem Stamm gehören. Ich leihe ihnen Geld, kaufe ihnen Zelte, Kleider und alles, was sie brauchen, und sie geben mir dafür jedes zehnte Schaf. Es ist ein gutes Geschäft, und ich kann ihnen dadurch helfen und habe meinen eigenen Stamm."

„Sind Sie Stammesvater, wie Abraham?" fragte Claude.

„Natürlich", sie lächelte. „Meine Leute heissen Beni Zenobi. Sie werden sie morgen sehen!"

„Bei den Söhnen der Zenobia", sagte Claude.

Sie lächelte ihn an. „Wissen Sie", sagte sie, „Sie kommen eigentlich in einem schlechten Augenblick."

„Sollen wir lieber wieder gehen?"

„Im Gegenteil", sagte sie. Sie stand zwischen uns und stützte sich mit beiden Händen auf unsere

Schultern. „Ich sage nur, dass es für mich ein schlechter Augenblick ist. Ich habe so viele Schwierigkeiten!"

„Ist das etwas Neues?" fragte Claude. „Wollen Sie damit sagen, dass Sie noch nicht an alle Schwierigkeiten der Welt gewohnt sind?"

„Sie stehen mir bis zum Hals", sagte sie. Sie sah bekümmert aus, als sie weglief.

„Also", sagte Claude, „wie gefällt sie dir?"

Der Haushofmeister kam, um uns Wein einzuschenken. „Wir haben ein Huhn gebraten", sagte er. „Das ist leider alles, was wir haben. Aber es ist ausgezeichnet!" Er stellte das Huhn auf den Tisch. „Soll ich es für Sie tranchieren?" fragte er.

„Nein, danke", sagte Claude. „Das machen wir schon selber."

„Wenn Sie sonst noch etwas brauchen –"

„Nein, gewiss nicht."

„Sie können es einfach dem Beduinen sagen."

Er ging endlich weg. Im Hintergrund der Halle, neben der Bar, stand einer der jungen Beduinen. Er trug ein langes, gelbes Kleid und war um die Augen herum geschminkt. Sein in kleine Zöpfe geflochtenes Haar kam unter dem weissen Khefie hervor.

„Ein gutaussehender Bursche", sagte Claude.

„Glaubst du, dass Madame d'Elbros diese Burschen wäscht, bevor sie sie ins Haus nimmt?"

„Glaubst du, was man von ihr und den Beduinen sagt?"

Der junge Beduine kam an den Tisch, schenkte

unsere Gläser voll und zog sich wieder zurück.

„Vielleicht versteht er Französisch?" fragte ich.

„Nein", sagte Claude. „Das ist zu kompliziert."

„Jedenfalls hat sie doch einmal einen geheiratet!" sagte ich.

„Das ist kein Beweis", sagte Claude, „sie hat ihn nicht aus Liebe geheiratet, sondern weil sie nach Mekka wallfahren wollte. Sie hatte es sich in den Kopf gesetzt, und deshalb wurde sie Mohammedanerin und heiratete einen Beduinen, der ihr Diener war, und behauptete, dass dieser Bursche sich an den Vertrag halten werde, den sie ihm aufgesetzt hatte. Natürlich hörte er eines Tages auf, sich daran zu halten."

„Dafür ist er dann auch gleich gestorben", sagte ich.

„Ja", sagte Claude, „es funktionierte alles ausgezeichnet. Madame d'Elbros sass in einem Gefängnis an der Küste Arabiens und sollte wegen Gattenmords gesteinigt werden. Es ist eine reizende Todesart, und man bereitete sie darauf vor, indem man sie mit zehn Arabern, Gaunern und Wegelagerern im gleichen Raum liess."

„Sag mal, glaubst du daran, dass sie ihren Mann umgebracht hat?"

„Nein. Nicht wenn du mich so fragst. Nicht wenn es eine Art von Glaubensbekenntnis sein soll ..."

„Also gut. Hältst du es für möglich, dass eine Dame aus den besten französischen Kreisen, die sich Zainab nennt, fähig ist, ihren Greuel von Muselmann-Gatten zu vergiften?"

„So gestellt, verliert die Frage an Bedeutung. Würdest du, *nötigenfalls*, Bedenken haben, einen Beduinen umzubringen? Oder irgendeinen Gauner, der dir hier draussen ans Leben will?"

„Vermutlich nicht", sagte ich.

„Jedenfalls hätte man sie gesteinigt", sagte Claude, „wenn nicht der dortige Konsul noch eingegriffen hätte. Dann brachte man sie aus dem Gefängnis in den Harem des Gouverneurs, und sie fing an, den Damen Nudismus beizubringen."

„Meinst du, dass sie einfach unverbesserlich ist?"

„Ja, sie ist einfach, einfach unverbesserlich. Man hatte sie davor gewarnt, nach Mekka gehen zu wollen, und davor, einen Beduinen zu heiraten. Aber sie bewies allen haarscharf, dass sie durchaus logisch und vernünftig handle. Und als man sie endlich aus dem Gefängnis draussen hatte, tat sie sofort alles, um sich im Harem wieder in Lebensgefahr zu bringen. Schliesslich hat man sie auch aus dem Harem befreit."

„Und jetzt?"

„Du hast es doch gehört", sagte Claude. „Sie steckt bis zum Hals in Schwierigkeiten. Sie hat keinen französischen Pass, weil man sich hütet, ihr einen auszustellen – und sie hat einen Pass von Nedsch, als Beduinen-Witwe, mit dem sie sich nicht zufrieden geben will. Sie darf hier wohnen, unter der Voraussetzung, dass sie sich ruhig hält und sich nicht in die Politik der Stämme mischt."

„Sie sollte sich mit den Behörden hier gutstellen."

„Sie tut alles, um die Leute verrückt zu machen", sagte Claude. „Sie schickt hundert Beschwerden ein. Man müsste auf dem Kommissariat eigens einen Mann anstellen, um damit fertig zu werden. Und gleichzeitig weigert sie sich, irgendeine Vorschrift einzuhalten. Sie nimmt es einfach nicht ernst. Sie reist ohne Pass über die Grenze und kann dann drüben in Bagdad nicht begreifen, weshalb das Konsulat ihr kein Visum ausstellt."

„Magst du sie eigentlich gern?" fragte ich.

„Ja", sagte Claude, „ich finde sie richtig nett. Und du?"

„Sie ist richtig nett."

„Ich bin neugierig", sagte er, „wie uns morgen die Beni Zainab gefallen werden!"

Wir gingen am nächsten Tag früh in den Tempel des Bel hinüber und trafen den Architekten, der die Restaurationsarbeiten machte. Nachdem wir den Tempelbezirk angesehen hatten, nahm er uns mit hinaus zu den Gräbern und zeigte uns einige Grabstätten, die unter der Erde liegen, und einige von den Grabtürmen, die wir in der Nacht von weitem gesehen hatten.

In den Gräbern war es kühl und feucht, und als wir wieder herauskamen, fanden wir, dass es in der

Zwischenzeit sehr heiss geworden sei. Ganz Palmyra lag jetzt unter einem weissen, glänzenden Licht, und man sah die Stadt und das Ruinengebiet und die leere Sandfläche dazwischen fast wie eine Luftspiegelung in dem tödlich weissen Himmel. Die Säulenreihen schienen mit ihren leichten Kapitellen und den unsichtbaren Basen zu schweben, und man erwartete jeden Augenblick, dass die zarten Schäfte sich in den Hitzewellen brechen würden wie Spiegelbilder im Wasser.

Wir hatten uns mit Madame d'Elbros bei der „Quelle" verabredet, und der Architekt brachte uns in seinem Wagen hin. „Die arme Frau hat heftig darum kämpfen müssen", sagte er. „Jetzt hat sie die Quelle am Morgen für sich allein, und die Garnison kommt erst am Nachmittag."

„Sie muss eben um alles kämpfen", sagte Claude.

„Sie weiss auch, wie man sich wehrt", sagte der Architekt. „Als letzte Woche ein paar Soldaten am Vormittag hier badeten, packte sie all deren Kleider ins Auto und liess sie irgendwo in der Wüste liegen."

„Sie versteht es, sich beliebt zu machen."

„Sie ist nun einmal so", sagte der Architekt.

Madame d'Elbros lag am Rand des Teichs, das Gesicht auf den Armen. Sie sprang auf, als sie uns kommen hörte, und wir zogen uns alle aus und liessen uns in das kalte Wasser gleiten. Wir schwammen zuerst im Teich, und dann durch einen langen, dunklen, niedrigen Gang bis in die

Grotte. Zuletzt war der Gang so niedrig, dass man den Kopf während des Schwimmens nicht heben durfte. Dann tat sich plötzlich ganz rund die Grotte auf, und man lag im warmen Wasser in einem kühlen, bläulichen Licht. Das Wasser roch nach Schwefel.

Als wir wieder hinauskamen, blieben wir nicht lange in der Sonne, sondern zogen uns rasch an und fuhren in das Hotel zurück. Wir warteten nach dem Essen, bis die grösste Hitze vorbei war, und fuhren dann mit Madame d'Elbros zu den Zelten der Beni Zainab. Es waren ein paar einfache, schwarze Ziegenfilz-Zelte, die Seitenwände waren wegen der Hitze emporgebunden, und man sah die Leute darunter im Schatten sitzen. Als Madame d'Elbros aus dem Wagen stieg, kamen alle ins Freie, und die Kinder liefen in einem Rudel auf sie zu. Madame d'Elbros ging bis zum ersten Zelt und nahm einen grossen, ernst und ein wenig blöd blikkenden Mann am Ärmel. Sie reichte ihm nur bis zur Schulter, aber sie zog ihn mit sich wie ein Kaninchen, das man am Genick hält. „Sehen Sie sich den da an", sagte sie. „Er ist ein mutiger Krieger und hält sich noch wie ein richtiger Beduine. Es ist schade, dass Sie ihn nicht zu Pferd sehen können." Der Mann sah auf sie hinunter und dann auf uns. Sie liess ihn los und wandte sich den Kindern zu, die sie sofort umringten. Sie suchte einen Jungen heraus, der uns nachher führen sollte, und wir nahmen ihn im Auto mit zurück. Wir fuhren wieder an den Ruinen vorbei und begegneten allen Frauen von Palmyra, die mit ihren Krügen zum Brunnen gingen. Der Brunnen lag in einer Vertiefung und war mit einer Reihe von weissen Säulenbruchstükken gedeckt. Ein paar Stufen führten hinunter, und die Frauen sassen schwatzend vor dem Brunnen und warteten, bis sie an der Reihe waren, hinunterzusteigen. Nachher sahen wir Beduinen mit ihren Kamelen eintreffen. Es war eine ganze Herde von Kamelen, alle ungesattelt bis auf die Reittiere, und sie gingen nicht hintereinander wie Karawanen-Kamele, sondern drängten und stiessen sich, überholten sich in ungelenkem Trab und wälzten sich so in eine Staubwolke gehüllt heran. Nur die Reiter am Anfang und Ende des Zuges schienen von der Unordnung nichts zu merken und sassen ruhig und würdevoll vermummt auf ihren hohen Sätteln.

Madame d'Elbros hielt ihren Wagen am Wegrand an und sah ihnen nach. „Reiche Leute", sagte sie. „Aber sie sind spät dran dieses Jahr. Sie werden Mühe haben, hier eine Weide zu finden."

„Möchten Sie mit den Beduinen leben?" fragte ich.

„Aber ich lebe doch immer mit ihnen!"

„Ich meine: ganz bei den Beduinen."

„Ich habe jeden Winter ein paar Monate bei ihnen in den Zelten zugebracht", sagte sie. „Ich kann mich gut als Beduine verkleiden. Sie haben mir schon angeboten, dass sie mich vor meinen Feinden verstecken und bei sich behalten würden ..."

„Vor Ihren Feinden?" fragte ich.

„Wenn es nötig ist, werde ich es tun", sagte sie. Sie drehte sich plötzlich um und sah uns fest und gerade an. „Ich lasse mich von hier nicht mehr vertreiben. Ich will da leben, wo es mir gefällt zu leben."

Wir assen am Abend mit Madame d'Elbros und dem Architekten zusammen. Der Architekt hiess Bleuzon, und wir hatten den Eindruck, dass er mit Madame d'Elbros befreundet sei und es gut mit ihr meine. Sie war guter Laune und fröhlich, und die Spannung war ein wenig von ihr gewichen, und dadurch fühlten wir uns alle erleichtert und tranken auf das Gedeihen der Beni Zainab. Während wir noch beim Essen waren, wurde sie von einem der Beduinenjungen weggerufen und kam nicht wieder zurück. Der Haushofmeister mit dem grauen Schnurrbart bediente uns und hielt uns mit seiner lästigen Aufmerksamkeit in Atem. Er verdarb uns die zweite Hälfte der Mahlzeit, und als wir fertig waren, sahen wir uns um, ob wir den Kaffee anderswo trinken könnten, aber der Meister sagte uns, dass es vor dem Haus zu viele Moskitos gebe, und dass es üblich sei, den Kaffee in der Halle zu servieren.

„Schön", sagte Bleuzon, „dann bringen Sie uns auch einen Cognac in die Halle."

Wir hatten den Kaffee noch nicht ausgetrunken, als Madame d'Elbros zurückkam. Wir hörten zuerst das Auto und sahen die Scheinwerfer über die

Halle streichen, und gleich danach kam Madame d'Elbros und lief auf uns zu. „Ihr seid doch nicht böse", sagte sie.

„Kommt nicht in Frage", sagte Claude.

„Im Gegenteil", sagte Bleuzon, „es kommt ganz darauf an –"

„Ich werde Ihnen schon beweisen, worauf es ankommt", sagte Madame d'Elbros. Sie bekam glänzende, erregte Augen, und wir merkten alle im gleichen Augenblick, dass sich etwas bei ihr verändert hatte. Sie war wieder ganz mit Unruhe und Spannung erfüllt, aber was am Morgen zerfahren und unkonzentriert gewesen war, sammelte sich jetzt alles wie zu einem Angriff. Sie ging um den Tisch herum zu Bleuzon und fasste ihn an der Schulter. „Sie haben doch keine Ahnung", sagte sie, und dann, geheimnisvoll und triumphierend: „Niemand hat eine Ahnung, nicht einmal der Oberst der Garnison, und nicht einmal das Kommissariat. Ich habe eine Botschaft bekommen, Bleuzon – –"

„Muss das unbedingt hier sein?" fragte Bleuzon. Er sah zum Bartisch hinüber, wo der Schnurrbärtige sich zu schaffen machte. „Bringen Sie den Cognac schon her", rief er laut.

„Es ist mir gleich, wenn er es hört", sagte Madame d'Elbros. „Er ist neugierig wie ein altes Weib, aber er soll zuhören, wenn es ihm Vergnügen macht!"

„Warum macht es ihm wohl Vergnügen?" fragte Bleuzon.

Sie sah ihn an und lachte. „Na also", sagte sie, „wenn Sie darauf bestehen, können wir ja in mein Zimmer hinübergehen –". Wir gingen alle vier hinüber, und der Haushofmeister brachte den Cognac und ein paar Gläser. „Schick den Bedu herein", sagte Madame d'Elbros. Gleich darauf wurde die Tür ohne Anklopfen geöffnet, und ein Beduine trat ein. Er war gross und trug ein langes, gelb- und rotgestreiftes Oberkleid und einen schwarz-weiss gemusterten Khefie aus Baumwolle. Seine Füsse und seine Sandalen waren mit Staub bedeckt. Wir gaben ihm alle die Hand, und er setzte sich uns gegenüber auf einen Stuhl.

„Er ist ein Bote", sagte Madame d'Elbros. „Aghbar schickt ihn mir."

„Er sieht aus, als habe er ein gutes Stück Weg hinter sich", sagte Bleuzon, „hat ihn Aghbar etwa zu Fuss hergeschickt?"

Madame d'Elbros sagte: „Machen Sie sich nicht über ihn lustig!" Der Beduine sah sie an, und ich sah, dass sie ihm ein Zeichen mit den Augen gab. Er fing an zu sprechen und sprach eine ganze Weile, fliessend, mit erhobener Stimme, dann liess er die Stimme sinken und brach ab.

„Haben Sie alles verstanden?" fragte Madame d'Elbros.

„Ja", sagte Bleuzon, und zu uns: „Scheich Aghbar scheint vor drei Tagen einen seiner Vettern oder Halbbrüder ermordet zu haben. Er ist der Scheich eines Anezi-Stammes, ein ziemlich mächtiger Mann, aber der andere hat auch seine Sippe und seine Anhängerschaft, und nun sind drei Tage um, und der Teufel ist los."

„Er ist noch nicht los", sagte Madame d'Elbros. „Aghbar ist ein höchst ehrenvoller Bursche. Er hat den anderen getötet, weil er sein Feind war."

„Wirklich?" fragte Bleuzon.

„Sie wissen, was ich meine", verteidigte sie sich. „Es war eine alte Feindschaft, und es war vorauszusehen, dass eines Tages einer von ihnen fallen musste. Aghbar ist der mutigere, das ist alles."

„Wie hat er ihn denn getötet?" fragte ich.

„Er hat ihn in sein Zelt eingeladen, um den Fall mit ihm zu besprechen. Als er ihn ohne Begleitung im Zelt hatte, erschoss er ihn."

„Ausserordentlich mutig!" sagte Bleuzon. „Ich habe Ihnen immer gesagt, dass Aghbar ein Räuberhauptmann sei."

Sie sah ihn wütend an. „Bitte, glauben Sie ihm nicht", sagte sie.

„Na schön", sagte Bleuzon. „Mir ist es ganz egal, ob Aghbar ein Räuberhauptmann ist oder nicht. Meinetwegen ist er ein Held."

„Ein Ehrenmann –"

„Meinetwegen ein Ehrenmann. Das hindert nicht, dass die Vettern-Sippe sich rächen wird, und dass wir wieder einen hübschen Wüstenkrieg haben werden."

„Weshalb hat Aghbar Ihnen einen Boten geschickt?" fragte Claude.

„Am besten, Sie schicken ihn wieder nach Hause zu seinen Zelten", sagte Bleuzon.

Madame d'Elbros sagte: „Aber das ist es doch gerade. Es wird keinen Krieg geben. Aghbar bittet mich durch diesen Mann, dass ich in sein Lager kommen soll, um beide Parteien anzuhören. Ich soll meine Meinung darüber sagen, und sie wollen tun, was ich ihnen sage." Sie sah uns alle glücklich und triumphierend an.

„Ich dachte, Sie dürfen sich nicht mehr in politische Angelegenheiten mischen", sagte Claude.

„Aber ich kümmere mich nicht um Politik", sagte sie. „Ich gehe meine Freunde besuchen und sage ihnen meine Ansicht, wenn sie mich darnach fragen. Ist das Politik?"

„Sie wissen es so gut wie wir", sagte Bleuzon.

„Ist es Politik, sich mit seinen Freunden zu unterhalten? Ist es nicht gut, wenn ich sie daran hindere, in einen Krieg hineinzugeraten?" Keiner von uns antwortete. Sie wurde unsicher. „Ich zwinge doch Aghbar nicht, irgend etwas zu tun, was er nicht mag. Ich sage ihm, was ich davon halte, weil ich mit ihm befreundet bin – Bleuzon", sagte sie, „finden Sie wirklich, dass es Politik ist?"

Bleuzon antwortete: „Es hat doch gar keinen Zweck, wenn ich Ihnen etwas sage!"

„Claude", sagte sie, „wenn ich morgen früh ins Lager von Aghbar fahre und versuche, ihn mit seinen Vettern zu versöhnen, ist das Politik oder ist es eine interne Angelegenheit unter Verwandten und Freunden?”

„Nehmen wir an, dass Ihre Vermittlung ohne Erfolg ist”, sagte Claude, „nehmen wir an, dass es zum Krieg kommt: dann wird man Truppen mobil machen müssen, und es wird ein innerpolitischer Fall werden. Glauben Sie nicht, dass das Kommissariat schon in kürzester Zeit wissen wird, wer sich gerade vor Kriegsausbruch in Aghbars Lager aufgehalten hat? Aghbar ist ein aufständischer Scheich und also ein Feind der Regierung ...”

„Seien Sie doch vernünftig”, sagte Bleuzon, „lassen Sie doch diese Beduinen sich gegenseitig totschlagen, wenn es ihnen Freude macht, sich totzuschlagen.”

„Ich kann Aghbar nicht so enttäuschen”, sagte sie.

„Er ist fünfzig Kilometer von hier”, sagte Bleuzon, „sagen Sie dem Boten, dass Sie keine Zeit haben.”

Sie sagte etwas zu dem Beduinen. Er antwortete. Sie wandte sich zu uns: „Ich fahre den Mann schnell in die Stadt”, sagte sie.

„Und wir werden schlafen gehen”, sagte Bleuzon, „aber bitte überlegen Sie sich's noch einmal. Bitte, seien Sie vernünftig!”

Sie gingen, und wir hörten draussen den Wagen anspringen. Bleuzon goss uns Cognac ein. Dann zündete er sich eine Zigarette an und rauchte schnell und stumm in sich hinein.

„Es ist glatte Politik, wenn sie sich da einmischt", sagte Claude. „Glauben Sie, dass sie fahren wird?"

„Natürlich", sagte Bleuzon. „Sie konnte es ja kaum erwarten. Sie brannte einfach vor Lust, mit dem Räuber-Scheich grosse Politik zu treiben!"

„Tut sie es aus Ehrgeiz?"

„Sie weiss gar nicht, was Ehrgeiz ist."

„Es ist trotzdem Ehrgeiz", sagte Claude. „Selbst, wenn sie es nicht weiss."

„Nein", sagte Bleuzon. „Ihre Motive sind grundanständig. Sie ist einer der anständigsten Menschen, die mir begegnet sind. Aber sie ist unvernünftig."

„Sie hat sich solche Mühe gegeben, uns zu beweisen, dass es keine Politik ist!"

„Oh ja – sie war verzweifelt, weil wir ihr nicht recht geben wollten. Sie wurde sogar unsicher, aber sie hat ihren ganzen Mut dagegen aufgerufen. Sie wird fahren, und wird wieder tausend Schwierigkeiten davontragen, und auf dem Kommissariat werden sie sich die Haare raufen."

„Und dann?" fragte Claude.

„Man muss sie lassen", sagte Bleuzon. „Es ist schrecklich, mit ihr befreundet zu sein, denn man kann sie vor nichts bewahren und kann gar nichts für sie tun. Sie wird noch viele Abenteuer haben, und vermutlich wird sie einmal wieder verschwinden, und dann wird man sich trotz allem fragen, warum man sie nicht halten konnte. Bisher hat sie bei allem immer noch ein bisschen Glück gehabt. Aber eines Tages wird es damit vorbei sein. Eines Tages wird sie endgültig verschollen sein, wenn man sie nicht einfach erfroren am Wegrand auffindet. Ich würde mich nicht darüber wundern ..."

Auf der Heimreise ...

Claude und ich sassen mit dem Hauptmann auf der Terrasse des Hotels Saint-Georges und assen zu Abend. Der Hauptmann hatte seinen Sommer-Urlaub in Zypern zugebracht, irgendwo im Innern der Insel, bei einem Freund, der sich um die Antiquitäten von Zypern kümmerte. Claude und ich waren zufällig nach Beirut gekommen. Wir waren seit vierzehn Tagen unterwegs, erst Persien, Urmia-See, Kurdistan, dann ein Stück irakische Wüste, und ein grösseres Stück syrische Wüste. Schliesslich hatten wir genug von der Wüste und fuhren nach Beirut, um uns ein paar Tage Ruhe zu gönnen. Es war Ende September, und Beirut war wie ein Dampfbad. Der erträglichste Aufenthalt war das Hotel Saint-Georges, weil es neu war und eine kühle Halle und eine verdunkelte, kühle Bar hatte, und weil man den ganzen Tag im Wasser liegen konnte. Die Luft war so feucht, dass die Kleider im Schrank sich feucht anfühlten und die Schuhe dunkle Flecken bekamen. Und die ganze Zeit fühlte man sich wie ein Schwamm. Am Abend wurde es dann ein wenig kühler. Man ass auf der Terrasse, die wie ein Schiffsdeck über dem Meer hing, sah auf das dunkle, leicht bewegte Wasser hinaus und spürte den Nachtwind. Die Kellner trugen weisse Jacken und servierten alle Getränke in Eis. Jeder Tisch hatte seinen Eiskübel, den eine deutsche Schaumwein-Fabrik gestiftet hatte und dessen versilberte Oberfläche sich von der Kälte beschlug und mit Feuchtigkeitsperlen bedeckte. Die Türen zum Speisesaal standen offen. Der Speisesaal war leer bis auf die Kapelle, die dort spielte.

„Ein zivilisierter Ort", sagte der Hauptmann. „Man könnte ebensogut in Juan-les-Pins sein. – Wenn es bloss nicht so heiss wäre!"

„Wie war es in Zypern?" fragte Claude.

„Ein bisschen heiss", sagte der Hauptmann, „sonst ganz hübsch, primitiv und idyllisch."

„Wein und Liebe?"

„Viel Wein ohne Liebe."

„Na", sagte ich, „bei uns war es genauso: ein bisschen zu heiss. Das ist die Eigenheit eines Sommer-Urlaubs im Orient."

Der Hauptmann erhob sein Glas und sagte: „Nichts gegen die Eigenheiten des Orients."

Er war seit sechs Jahren Militärattaché in orientalischen Ländern und war während dieser ganzen Zeit nie nach Europa gefahren. Er hatte im ersten Jahr in Kabul seine Frau verloren, die er erst kurz vor seiner Abreise geheiratet hatte. Damals hatte man ihn auf seinen Wunsch versetzt, zuerst nach Bagdad, zwei Jahre später nach Persien. In Persien hatte er angefangen, Windhunde zu züchten. Das Reiten hatte er nach dem Krieg aufgeben müssen, wegen eines Trachoms, welches er im letzten Kriegsjahr in der Türkei davongetragen hatte. Diese Augenkrankheit war gewöhnlich die Folge von Unterernährung und war in vielen Teilen des Orients verbreitet.

„Früher verging kein Tag, ohne dass ich mich auf einen Sattel gesetzt hätte", sagte der Hauptmann, „ich hatte kein Geld, um eigene Pferde zu kaufen, aber ich trainierte die Pferde von irgendwelchen Grafen, die ihre Ställe draussen in St-Cloud hatten. Morgens um drei Uhr ging ich hinaus und galoppierte den ersten Gaul ab, bevor die Sonne aufging."

Er hatte Vorkriegs- und Nachkriegserinnerungen. Die Nachkriegserinnerungen begannen erst nach dem Tode seiner Frau. Sie waren so, als ob das Frankreich von damals gar nicht mehr existierte. Nicht nur die Namen der reichen Rennstallbesitzer hatten gewechselt, sondern auch St-Cloud und die glatte, trockene Grasbahn und nach dem Reiten die Fahrt durch die frisch besprengten Strassen von Paris waren anders. Es gab keinen frühen Morgen von St-Cloud mehr.

„Wissen Sie", sagte er zu Claude, „man sollte sich Europa überhaupt aus dem Kopf schlagen. Dieses alte, traute, von Sentimentalitäten lebende Europa!"

„Ich mag einige seiner Sentimentalitäten gern", sagte ich.

Der Hauptmann: „Aber man kann nicht davon

leben. In Europa weigert man sich, der Wirklichkeit ins Gesicht zu sehen. All diese halb- und ganz konservativen Politiker möchten, dass Europa von ihren edlen Gefühlen lebt, von ihrer Pietät gegenüber der Vergangenheit, und von ihrem Glauben, dass Besitz, Klassenvorrechte und Erziehungsprivilegien ewig und unveränderlich seien."

„Nein", sagte Claude, „sie haben nur Angst vor einer Veränderung. Sie wissen, dass grosse Veränderungen Unordnung, Unglück und Elend mit sich bringen, und sie wollen die Verantwortung dafür nicht tragen."

„Diese guten, wohlmeinenden Vogel Strausse", sagte der Hauptmann.

„Heisst es nicht Vögel Strauss?" fragte ich.

„Galgenvögel", sagte der Hauptmann.

„Kommen Sie", sagte Claude, „trinken Sie noch ein Glas Weisswein. Finden Sie auch, dass dieses Palasthotel seine Annehmlichkeiten europäischer Sentimentalität verdankt? Wie waren die Weinschenken in Zypern?"

„Es gibt die Sentimentalität, und es gibt den Geschäftssinn", sagte der Hauptmann. „Dieses Hotel ist ein Werk des levantinischen Geschäftssinns. Es kommt denen zugute, die es bezahlen können, und es wird so lange existieren wie seine Gäste."

„Aber wie war es mit den Weinschenken in Zypern?" fragte Claude.

„Es gab zypriotischen Wein und griechischen Wein. Es gab Wein mit Wasser und Süsswein und starken Wein, der den stärksten Trinker besiegte. Die Bauern waren mässige Trinker, die Fischer waren besser. Diese Schenken waren vorzüglich, und sie waren, im Gegensatz zum Palasthotel Saint-Georges, sozusagen ewige Einrichtungen. Mein Freund versicherte mir, dass man in der Bronzezeit den Wein in den gleichen Krügen gemischt habe wie heute. Und dann waren da noch die ewigen Öllampen."

„Lauter orientalische Sentimentalität", sagte Claude.

„Ein banales, weitverbreitetes Missverständnis", sagte der Hauptmann. „Der Orient ist frei von Gefühlen. Man kann hier lieben und trinken ohne Gefühl. Man kann hier, unbelastet von Gefühlen gegenüber der Vergangenheit, der Zukunft entgegenleben."

„Sind Sie der Meinung", fragte ich, „dass dem Orient die Zukunft gehört?" – Man kann in unserer Zeit nicht von der Zukunft reden, ohne dass sich ein beklemmendes Schweigen einstellt. – „Leben Sie wirklich gern hier draussen?" fragte ich.

„Warum nicht?"

„Sind Sie wirklich aufrichtig, wenn Sie das sagen?"

„Sei nicht taktlos", sagte Claude.

„Lasst uns den schönen Abend geniessen", sagte ich, „wir wollen auf irgend etwas trinken."

Der Kellner, der gerade vorbeikam, hielt an und nahm die Flasche aus dem Eiskübel. Er befühlte sie und wickelte seine Serviette darum.

„Giessen Sie nicht ganz voll", sagte Claude zu ihm, „füllen Sie mit Mineralwasser auf." Und zu uns: „Es ist euch doch recht so? Auf was trinken wir?"

„Auf eine glückliche Rückreise nach Persien."

„Auf dass es ein bisschen weniger heiss sei!"

Es war schon spät. Die Kapelle spielte jetzt auf der Seitenterrasse, wo getanzt wurde. Die Tische in unserer Nähe waren leer, die Kellner fingen an, die Horsd'œuvre-Schüsseln wegzutragen.

„Wollen Sie tanzen?" fragte mich der Hauptmann.

„Danke", sagte ich, „wir wollen es wenn irgend möglich vermeiden."

In diesem Augenblick kam der Major mit seiner Familie durch das dunkle Restaurant auf die Terrasse heraus. Er blieb stehen, sah die leeren Tische an und sah dann zu uns herüber. Claude grüsste. Der Hauptmann erhob sich.

„Das ist Lesconte", sagte er, „ich denke, ich gehe besser einen Augenblick zu ihm hinüber."

Major Lesconte hatte sich mit seiner Frau an einen Tisch gesetzt. An einem anderen Tisch, so weit von den Eltern entfernt, dass sie nicht mit ihnen sprechen konnten, sassen die beiden kleinen Jungen mit ihrer Bonne. Die Jungen sahen blass aus, wie Kinder, die einen Sommer in einem heissen Land zugebracht haben.

„Ich hätte ihn lieber nicht hier getroffen", sagte Claude.

„Was ist mit ihm?"

„Oh, nichts Besonderes. Aber er hat viel Pech gehabt, und man konnte nichts für ihn tun. Er kam mit der Militärmission nach Teheran. Der Hauptmann sagte damals gleich, dass er nicht der richtige Mann sei ..."

„Es ist schwer, der richtige Mann für hier draussen zu sein", sagte ich.

„Es gibt schon Leute", sagte Claude. „Aber Lesconte war nicht der richtige."

Ich sah zu dem anderen Tisch hinüber. Der Hauptmann unterhielt sich mit Lesconte. Die Frau las die Karte und gab sie dem wartenden Kellner zurück, wobei sie etwas zu ihrem Mann sagte. Lesconte hob den grauen Kopf und winkte dann mit der Hand ab. Ein zweiter Kellner brachte einen Eiskübel mit zwei Flaschen darin, die er am Hals hielt und drehte, um sie richtig in das Eis hineinzustossen.

Der Major hörte dem Hauptmann zu, und sah manchmal zerstreut auf das Meer hinaus.

„Es ging, wie es hier immer geht", sagte Claude. „Sie empfingen ihn wie einen Propheten, er bekam eine persönliche Audienz und Vollmachten, so viele er haben wollte. Nachher nahmen sie nicht einen einzigen seiner Vorschläge an, und machten ihn für alles verantwortlich, was passierte."

„Konnte man ihn nicht schützen?"

„Nein", sagte Claude, „die Offiziere der Mission haben individuelle Kontrakte. Sie werden nicht von ihrem Land geschickt, sondern melden sich freiwillig."

„Was er sich wohl davon versprochen hat?"

„Sie werden gut bezahlt."

„Was hat er jetzt davon ..."

„Ja", sagte Claude, „sie haben ihn dazu gebracht, seine Demission einzureichen, und haben ihn einfach nach Hause geschickt. Und überdies hat er eines seiner Kinder verloren."

Drüben brach die Musik ab. Man hörte die Leute schwatzend und lachend durch die Bar in die Hotelhalle gehen. Die Terrasse blieb leer zurück, die Lichter wurden ausgemacht.

„Ist der Hauptmann richtig für hier draussen?" fragte ich.

„Was weiss ich", sagte Claude, „er glaubt es jedenfalls."

„Er macht sich nicht viel Illusionen darüber."

„Das ist es eben. Der Major hatte eine Menge Illusionen. Er kam aus einer langweiligen, kleinen Provinzgarnison und war dort grau geworden vor Langeweile. Nun glaubte er, er könne etwas nachholen. Er glaubte, es sei seine grosse Chance, und kam mit den Ideen eines europäischen Offiziers und mit einem Haufen Energie, Tatkraft, gutem Willen – wie du es nennen willst."

„War hier natürlich alles ganz unbrauchbar."

„Natürlich", sagte Claude, „aber er wollte es nicht einsehen. Bis zuletzt. Ich glaube, er sieht es immer noch nicht ein."

„Scheusslich für ihn", sagte ich. „Aber jetzt kann er wenigstens nach Hause fahren."

„Trotzdem scheusslich. Er hat ein Kind eingebüsst. Und sicher hat er Geld zugesetzt."

„Haben sie ihn schlecht behandelt?"

„Und ob", sagte Claude. „Einfach niederträchtig. Und Militärs sind doch so empfindlich!"

„Es kehrt sich eben alles um", sagte ich.

„Wie meinst du das?"

„Wir haben so lange die Orientalen gedemütigt. Jetzt machen sie es ebenso mit unseren Leuten."

„Ja, jetzt können sie sich's leisten."

„Man muss sich richtig dazu einstellen. Dir und mir zum Beispiel können sie nichts tun."

„Bist du sicher?"

„Schau dir doch die beiden an!" sagte ich. „Der Hauptmann leidet wegen Europa, und der Major wegen Asien. Fühlst du dich nicht jung, wenn du sie ansiehst?"

„Jung und glücklich", sagte Claude.

Drüben erhob sich der Hauptmann. Madame Lesconte reichte ihm die Hand über den Tisch hinweg, und er kam zu uns zurück.

„Haben Sie ihm ein bisschen Mut zugesprochen?" fragte Claude.

„So ein armer Kerl", sagte der Hauptmann.

„Freut er sich nicht auf die Heimreise?"

„Auf eine solche Heimreise?"

„Ich meine, wegen der Kinder. Und dann, weil er doch gründlich genug haben muss ..."

„Wissen Sie", sagte der Hauptmann, „sein Kind starb an Typhus, gerade als er in Ungnade fiel. Es war sein Lieblingskind, ein kleines Mädchen. Und zum Begräbnis kam kein einziger von seinen Kameraden. Sie trauten sich alle nicht. Also gingen wir ganz allein hinter dem winzigen Sarg her, der Major, der ältere von den beiden Buben und ich. Es war eine teuflische Hitze."

Wir sassen eine Weile schweigend.

„Wollen wir die Sitzung aufheben?" fragte ich.

Wir gingen am Tisch des Majors vorbei, und Claude blieb einen Augenblick stehen und wünschte ihm eine glückliche Heimreise. Ich sah, dass der Major wieder, an Claude vorüber, zerstreut auf das Meer hinaussah. In der Halle trennte sich der Hauptmann von uns.

„Ich glaube, was ich brauche, ist ein eisgekühlter Whisky Soda", sagte er.

Wir sahen ihn in die Bar hinübergehen.

„Wir könnten noch ein paar Schritte den Strand entlang machen", sagte Claude.

Wir gingen hinaus. Das Araberkaffee unter freiem Himmel war noch erleuchtet. Wir gingen bis zum Ende des Strands und wieder zurück, und setzten uns im Kaffee an einen Tisch an der Balustrade, so dass wir auf das Wasser hinuntersehen konnten, welches schwarz gegen die Felsen anlief und sie dann mit weichem, weissem Schaum bespülte.

Wir tranken türkischen Kaffee und ruhten uns

aus. Ein paar Tische weiter sass ein Junge im Fez, ein Mädchen lehnte an seiner Schulter.

„Fühlst du dich jung und glücklich?" fragte mich Claude.

„Und du?"

„Ich denke, ja –"

„Ich weiss nicht", sagte ich. „Wir sollten nicht zu lang in diesem Erdteil bleiben!"

Sehr viel Geduld ...

Doktor Rieti reiste mit seinen Tieren zusammen. Man hatte sie in Triest an Bord eines langsamen Dampfers gebracht, der Triest am Mittwoch verliess und erst am darauffolgenden Dienstag Beirut erreichen sollte. Rieti hätte lieber ein anderes Schiff benutzt, welches die Häfen Griechenlands anlief oder in Ägypten Halt machte. Er hätte gern Piräus gesehen und einen Ausflug zu den Pyramiden gemacht. Aber er konnte seine Versuchstiere nicht allein lassen, es hatte genug Mühe gekostet, sie heil bis auf das Schiff zu bringen, wo sie nun auf dem Vorderdeck angebunden standen: die Schafe aus dem Piemont, die Gebirgsziegen, die Rinder von den Schweizer Alpen und die beiden jungen Stiere, die man in Holstein angekauft und von ihren fetten Weiden quer durch halb Europa bis in den Auswandererhafen Triest transportiert hatte. Es hatte sehr viel Geduld gebraucht, und Rieti war sich klar darüber, dass erst jetzt alle Schwierigkeiten beginnen würden. Er kannte die Route und ihre Stationen auswendig: Beirut, wo jetzt, Ende April, schon eine ungesunde, feuchte Hitze herrschen sollte, die Fahrt durch die Wüste in grossen Camions, die von der Nairn-Compagnie gestellt wurden, ein kurzer

Aufenthalt in Bagdad – und endlich die grosse Reise über die Gebirge nach Persien. Und dort – dort würde erst die eigentliche Aufgabe ihn erwarten. Wenn er nur die Geduld aufbrachte ...

Am fünften Tag erreichte das Schiff Zypern. Rieti stand mit den anderen Passagieren der ersten Klasse auf dem Deck und sah die hügelige Küste der Insel vorüberziehen. Er sah einige vulkanähnliche Gebirge im Inneren und viele waldreiche Täler, die tief in das kahle Land einschnitten. Dann tauchte Larnaka auf: eine kleine Stadt, einige neue, wellblechgedeckte Gebäude am Hafen, und zwischen den Dächern der plumpe Turm einer türkischen Moschee. Man konnte nicht in den Hafen einfahren, das Schiff lag draussen vor Anker, leise schaukelnd. Vom Ufer löste sich eine Flotille von Booten, rostbraune Segel wurden aufgezogen, flatterten und spannten sich, junge Zyprioten standen an den hohen Steuern. Abseits von den anderen flog ein Boot heran, ein alter Neger mit grauem Schnurrbart stand aufrecht unter dem rostbraunen Segel, er trug zypriotische Tracht, einen breiten roten Gürtel, einen weissen Turban. Hinter ihm, am Steuer, sass ein Knabe, die Augen auf den Dampfer gerichtet. Das Boot flog über blaue Wogen und weisse Schaumkämme und erreichte als erstes das Fallreep. Der Junge liess das Steuer fahren, schon stand er auf dem Deck, einen Korb mit bunten Muscheln am Arm. Herausfordernd ging er die Reihe der Gäste entlang und begann sein Geschäft. Hinter ihm folgten bald andere, man bot Orangen, Muscheln, Stickereien feil, bunt leuchteten zwischen den Passagieren die roten Gürtel und hellen Turbane der Händler. Rieti folgte dem ersten, dem zypriotischen Knaben, der jetzt an der Reeling stand, die Arme auf das Geländer gestützt. Er sah in das Gewühl, als ginge es ihn nichts an. Schöne Menschen, dachte Rieti, den Blick auf den Knaben gerichtet. Dessen Blick war düster, fast höhnisch, doch dehnte er dabei lässig seinen Körper, streckte sich in den schmalen Hüften wie im Übermut.

Gleich darauf wurde Rieti von einem Matrosen weggerufen, er ging, ein wenig zu eilig, an dem Knaben vorbei.

Es betraf die Tiere. Am Vorderdeck lag ein Boot mit sechs Ruderpaaren, ein Kran senkte sich vom Dampfer hinab, unten standen aneinandergedrängt Esel und Maultiere, denen man, einem nach dem anderen, Traggurte umschnallte, sie am eisernen Griff des Krans befestigte und in die Höhe hob. Das ging mit mechanischer Geschwindigkeit vor sich, die Tiere schwebten, erstarrt vor Angst, mit hilflos baumelnden Hufen, zwischen Himmel und Wasser, ein Matrose drehte den Kran, liess das Tier auf dem Deck landen und sandte den leeren Traggurt in die Tiefe zurück.

Rieti erkannte rasch die Gefahr: Schon hatte man ein Dutzend Esel neben seinen Versuchstieren angebunden – waren sie krank, so war eine Ansteckung beinahe unvermeidlich. Er liess den

Kommissar rufen, befahl den Matrosen, die Esel auf die andere Seite des Decks zu bringen, inzwischen fuhr der grosse Arm des Krans unaufhörlich auf und nieder, das Deck füllte sich mit Tieren, die Ruderer schimpften auf türkisch. Als endlich die Ordnung wiederhergestellt und die Tiere getrennt waren, lichtete das Schiff schon die Anker. Rieti sah die Flotille der braunroten Segel dem Hafen zustreben, dann setzte das weiche Rauschen des Wassers ein, das der Schiffskiel regelmässig durchschnitt.

In Beirut war es heiss, und Rieti hatte vielerlei Sorgen. Er ärgerte sich über die Hafenpolizei und die Sanitätskommission, manchmal verliess ihn die Geduld, er sah voraus, dass die Versuchstiere nicht heil bis nach Persien kommen würden, und war bereit, alles aufzugeben. Er war froh, als die Tiere verladen waren; am gleichen Abend fuhr er im Auto durch den Libanon, und nach dem heissen, feuchten Beirut und nach all den Sorgen, die er dort gehabt hatte, erschien ihm Damaskus mit seinen Gärten und Brunnen frisch und angenehm. Die Wüstenfahrt war anstrengend, aber Rieti erinnerte sich daran, dass man noch vor wenigen Jahren mit Kamelkarawanen reisen musste und etwa zwanzig Tage gebraucht hatte. Damit tröstete er sich, und die zwanzig Stunden kamen ihm nicht so lang vor.

Seine Tiere fand er wohlbehalten in den Stallungen des englischen Fliegerlagers von Hinaidi. Die irakischen Behörden machten ihm keinerlei

Schwierigkeiten, er beeilte sich, Wagen und Chauffeure für die Fahrt nach Teheran zu mieten. Bagdad war unerträglich heiss. Rieti verbrachte einen Abend im Alluyah-Club mit einigen englischen Fliegern, die trotz der Hitze, die auch nachts nicht abnahm, sehr viel Whisky tranken und ihre gute Haltung nicht verloren. Sie brachten Rieti in sein Hotel, und fuhren dann in guter Haltung in ihre Quartiere von Hinaidi zurück.

Rieti war froh, Bagdad hinter sich zu lassen. In Khanikin, der persischen Grenzstation, litten die Tiere sehr unter der Hitze. Die Beamten brauchten eine Unmenge Zeit, um Rietis Papiere zu lesen, es gab Komplikationen, die er nicht verstand und die auch offenbar erfunden waren, um ihn aufzuhalten – aber endlich fuhr man weiter, und nun war man in Persien, fast schon am Ziel. Rieti fühlte sich glücklich, zum ersten Mal, seitdem er auf dieser Reise war. Er dachte an seine Aufgabe, an das Geld, das er verdienen würde, und an alles Unbekannte, das ihn erwartete. Alles würde gut gehen, ebensogut wie in Afrika. Er war zwei Jahre am Tropeninstitut in Nairobi gewesen, eine lange Zeit, die er zuerst als Verbannung empfunden hatte – und dann waren es die glücklichsten Jahre seines Lebens geworden. Er dachte damals selten an Italien, selten an seinen Vater, ganz selten an seinen Freund Mario. Mario lebte in der wirklichen, der unwiderruflichen Verbannung: Er hatte, als Revolutionär, seine Heimat verlassen, hungerte mit

Gleichgesinnten in Paris und trug es ihm, Rieti, bitter nach, dass er einen anderen und leichteren Ausweg gesucht hatte. Nairobi! Er hatte es auf diese Weise vermieden, seinen Vater zu enttäuschen, der an Mussolini glaubte und sich mit dem Faschismus abgefunden hatte. Er hatte es vermieden, Italien zu verlieren. Aber allerdings, was bedeutete ihm Italien seither? Er dachte mit Heimweh an Nairobi, den geliebten Ort. Er hatte sein Haus gern gehabt und das breite, mit Laub und Grün ganz überfüllte Tal, welches „The happy valley" hiess. Er hatte seine Arbeit gern gehabt und in Nairobi einen Freund zurückgelassen. Einen Negerjungen, dachte Rieti, mein Freund Charles war nichts als ein Negerjunge, und sein christlicher Name stammte von den Missionaren. Aber er war ein rührendes und schönes Kind, ich möchte, er wäre jetzt bei mir.

Seit seiner Reise dachte Rieti selten an Charles, es hatte zu viel zu tun und zu bedenken gegeben, aber jetzt, während man den Peitak-Pass hinauffuhr und das grosse Persien vor ihm lag, erinnerte er sich an den Negerknaben, und fühlte sich plötzlich einsam. Er erinnerte sich, wie sie um diese Stunde, abends, vor dem Haus lagen, die Liegestühle nahe nebeneinander gerückt – ja, damals war neben ihm, in der Dämmerung, Charles' schmaler, weit nach hinten geneigter Kopf gewesen, und seine Stimme hatte gesungen.

Das Gefühl seiner Einsamkeit überfiel Rieti zum

ersten Mal, aber er schüttelte es ab, und gleich darauf freute er sich wieder auf Persien. Sie kamen am Abend auf die Passhöhe und sahen zu ihren Füssen das gewaltige Hochland ausgebreitet. Und von nun an würde es immer so sein: gewaltige Ausblikke, von Gebirge zu Gebirge, gewaltige Täler und breite Flüsse, Halbwüsten, mit grünen Oasen am Fusse namenloser Berge.

Die erste persische Stadt, die sie erreichten, war Kermanschah. Es war eine Bettlerstadt, selbst in Afrika, so schien es Rieti, hatte er nicht so viele Krüppel, halbbekleidete Kinder und ausgestreckte Hände von Blinden und aussätzigen Greisinnen gesehen. Die Polizei machte ihm Schwierigkeiten, sie war von der Hauptstadt nicht benachrichtigt worden. Rieti musste seine Tiere vor der Stadt, in der Nähe eines Kurdenlagers, übernachten lassen. Einer der Stiere hatte am nächsten Tag eine Kolik, am Abend musste man ihn erschiessen. Die Hälfte der Schafe kam abhanden, man fand sie wieder, vermischt mit einer einheimischen Herde. Rieti besah sich die Fettschwänze aus der Nähe: sie waren räudig. Er entschloss sich, die angesteckten Tiere zu opfern.

Als er, nach zehn Tagen voller Hindernisse, in Teheran ankam, besass er noch drei Rinder, einige Ziegen und den zweiten Stier. Der Stier zeigte Symptome einer Tropenkrankheit, die Rieti bisher nur in Afrika beobachtet hatte. Trotzdem war Rieti nicht ganz entmutigt, er würde seine Versuche mit den wenigen Tieren beginnen, die ihm übriggebliebeben waren, inzwischen würde das Ministerium neue Tiere nachkommen lassen. Nein, der Verlust von ein paar Rindern und Schafen war nicht das Schlimmste; wenn man nur endlich in das Ministerium vordringen, den Minister selbst sprechen könnte! Rietis Geduld wurde auf eine harte Probe gestellt. Seine Tiere standen in ungesunden Baracken, ein Beamter versprach ihm täglich, dass er auf die Farm übersiedeln dürfe, die Rieti als „Mustergut" zugewiesen war. Auf der Gesandtschaft tröstete man ihn, in diesem Land lasse sich nichts erledigen ohne Geduld.

Rieti verbrachte seine Zeit zwischen dem Ministerium, der Gesandtschaft und den Baracken, in denen seine letzten Tiere krank wurden und das Futter verweigerten. Abends sass er allein im Garten einer der Bars von Teheran und sah Tänzerinnen aus Ungarn und Rumänien, die auf einem grellbeleuchteten Podium zwischen verstaubten Büschen auftauchten. Auch eine italienische Sängerin war dabei, sie war nicht mehr ganz jung, vielleicht war sie früher Opernsängerin gewesen, ihre Gesten liessen es vermuten. Sie trug, trotz der grossen Hitze, ein rotes Samtkleid und zeigte, wenn sie das Podium verliess, einen etwas schweren, nackten, mattweissen Rücken. Sie sang Arien, die das Publikum langweilten, und französische Chansons, wobei sie Kusshände ausschickte. Die Chansons kannte man von den Platten der berühmten französischen Diseusen, das war nicht günstig für die arme Italienerin. Sie schielte ein wenig, aber das war beinahe ein Reiz, es gab ihrem müden und flachen Gesicht einen Ausdruck von trauriger Schalkhaftigkeit.

Rieti hörte sich die Sängerin mehrmals an. Es machte ihm gewiss kein Vergnügen, ja, es kränkte und empörte ihn, dass sie vor diesen Leuten, jungen Persern, europäischen Friseuren und Ladenbesitzern, singen musste. Er empörte sich für Italien – es war ein neues Gefühl –, und die Sängerin tat ihm leid. Sie war doch immerhin seine Landsmännin, auch der Wirt wusste es, der sie am dritten Abend an seinen Tisch brachte. Es war Rieti nicht angenehm, mit ihr zwischen den staubigen Kulissen-Büschen zu sitzen, er wusste nicht, über was er mit ihr sprechen sollte, sein eben noch leicht gerührtes Gefühl wurde beinahe feindlich. Was hatte sie im Orient zu suchen? Ihre Rührung hingegen war stark und echt. Sie sprach italienisch, und schon füllten sich ihre Augen mit Tränen. Auch noch Tränen, dachte Rieti, angewidert von so viel Weiblichkeit. „Warum sind Sie hierhergekommen?" fragte er, ein wenig streng, „was haben Sie sich davon versprochen?" Gleich erzählte sie, es war eine komplizierte Klage, denn schon in Italien hatte ein Agent sie belogen, sie nach Jugoslawien geschickt, dann kam Konstantinopel – ein Aufstieg, eine Weltstadt, beeilte sie sich hinzuzufügen –, aber Konstantinopel war der Anfang ihres Unglücks gewesen, oh, sie war den Schlichen der orientalischen Agenten nicht gewachsen, sie war nur eine Künstlerin, nur auf ihre Kunst bedacht gewesen, jene aber waren Lügner, waren nicht besser als Mädchenhändler. Und der Kontrakt mit dem Lokal in Teheran, der sich so gut ausgenommen hatte – „nichts als eine Falle", klagte sie heftig, „um mich diesem Wirt, diesem entsetzlichen Menschen, auszuliefern!"

Sie verstummte, als sie merken musste, dass Rieti ihr nur halb zuhörte, und, nach vorn geneigt, sagte sie: „Warum sind *Sie* denn hier?" Man wusste nicht, war es eine ernst gemeinte Frage oder nur ein kosender Ausruf: Warum habe ich dich hier finden dürfen, junger Landsmann? Rieti schwieg. Nie hatte er sich, in Nairobi, dergleichen gefragt, nie hätte Charles ihn darnach gefragt. Dort war alles selbstverständlich gewesen, selbst das Glück.

Die Sängerin griff nach seiner Hand, es war zu spät, sie zurückzuziehen. „Junge Männer wie Sie verderben so leicht in diesen Ländern", flüsterte sie beinahe mütterlich, „ach, auch wir haben es nicht leicht! Aber jetzt –", und sie beugte sich überraschend schnell über die Hand, wie um sie zu küssen, „– jetzt ist alles verändert. Ich habe einen Landsmann gefunden, ich darf doch sagen, einen Freund?" Und schwärmerisch, die Augen zu ihm aufgeschlagen, fügte sie hinzu: „Lügen Sie nicht, mein Freund, auch Sie waren bisher allein, unter Fremden. Aber ich werde für Sie sorgen, ich werde nur für Sie da sein, ich werde Sie zu trösten wissen!"

Er war verwirrt, wenn auch auf andere Weise, als sie es glauben mochte. Entsetzlich erinnerten ihn ihre Worte an Worte Marios, der ihm, beim Abschied, gesagt hatte: „Lüge nicht, Rieti, gib doch endlich das Lügen auf" – und dann, als er schon im Zug sass, der ihn in die Verbannung führen sollte: „Auch du bist allein, mein Freund, unter Fremden. Aber eines Tages wird alles verändert sein, dann will ich dich wiederfinden." Leidenschaftliche Strenge in der Stimme, und seine so sehr geliebten Augen ganz erfüllt von leidenschaftlicher Forderung und einer Trauer, die nur Zweifel bedeuten konnte ...

„Ich bin geflohen", sagte Rieti zu der fremden Frau, so unvermittelt, dass sie, aus sanfteren Träumen gerissen, ihn erschrocken ansah. „Ich bin ein feiger Mensch und habe einen Ausweg gesucht, um meinen Freunden zu entgehen. Jetzt bin ich allein und ungeduldig, denn ich möchte zurückkehren, um alles wiedergutzumachen."

„Zurück nach Italien?" fragte sie verständnislos, „in unser herrliches Italien?"

„Es geht bergab im herrlichen Italien", herrschte er sie an, aber gleich schämte er sich – woher nahm er das Recht? Sie hatte ihre Chance schnell begriffen.

„Du hast Heimweh, mein Kleiner", flüsterte sie, „aber ich werde dich zu trösten wissen." Und er folgte ihr, als sie den falschen Hermelinkragen um die Schultern legte und grusslos, in seligem Stolz, am Wirt vorbei zum Ausgang ging.

War dies der Anfang der grossen Geduld, die man hier von Rieti noch verlangen würde? Diese schreckliche Nacht, die er nicht gewollt hatte, dieses schreckliche Aufwachen neben dem schweren, zu weissen Körper, nach dem ihn nicht verlangte? Fing es mit Ekel an und mit Dingen, die er gegen seinen Willen tun musste? Ja, es war wohl der Anfang einer viel schlimmeren, viel gefährlicheren Erniedrigung, denn Rieti begriff schnell, dass Geduld in diesem Lande nicht Ausdauer, Sammlung, Ernst bedeutete, sondern Unterwerfung und bald Abstumpfung. Eifriger als bisher vertrat er seine Sache, er gewann den Gesandten, der ihn beim Ministerium unterstützte; man empfing ihn jetzt höflich, man ehrte ihn, versprach, alle seine Forderungen zu erfüllen. Nur rascher, dachte Rieti, nur so rasch, dass ich bald abreisen kann. Aber er wusste, dass es erst der Anfang war.

Endlich reiste er auf das „Mustergut", ein junger Assistent begleitete ihn, draussen begannen sie gleich zu arbeiten. Die Tiere aus Europa wurden in gesonderten Ställen untergebracht, persische Schafe und Ziegen, gesunde und kranke, wurden untersucht, geimpft und beobachtet. Rieti fühlte sich leichter, jetzt war auch die Sängerin nicht mehr da, sie konnte nicht einfach hier herauskommen, mit ihrer abstossenden Zärtlichkeit, ihrer intriganten, traurigen Liebe, ihren Tränen. Hier draussen gab es überhaupt keine Frauen, auch keine Europäer, man war allein. Die Bäume im Garten des Wohnhauses waren so dicht, dass Rieti nicht einmal das Gebirge sehen konnte; er begann, seine Einsamkeit zu pflegen und zu lieben. Wenn er das Tor am Abend verliess, um einen Spaziergang zu machen, dann hatte er die Ebene vor sich, die gelbe, verbrannte Halbwüste, und die allzu kleinen, hellgrünen Felder, die darin verstreut lagen. Er sah die Ebene an ihrem Rand bläulich werden und im Dunst mit dem Himmel zusammenfliessen, und er sah sie braun werden, wo sie sich dem Gebirge näherte. Es gab ringsum Berge, graue in der äussersten Ferne, die wie gestrandete Schiffe aussahen, und nackte, glatte, gelbe, die im Abendlicht einen wunderbaren Glanz bekamen und glatten Tierrükken glichen. Aber dicht vor dem Garten stieg der Tauschal empor, ein steiler Felskamm mit Schneebändern in den höchsten Mulden und dunklen, kahlen Vorhügeln. Dort ging Rieti am liebsten spazieren und kam bis zu den aufwärts steigenden Schluchten, in deren Schatten sich ein wenig Grün fand und in deren Schutz die Schafherden nächtigten. Bevor er zurückging, machte Rieti einen Gang durch die Ställe. Sie lagen ausserhalb des Gartens, neben dem armenischen Dorf. Dort sassen die Wärter mit den Dorfleuten unter einem alten Baum, in dessen mächtigem Stamm eine Petroleumlampe brannte. Neben ihnen, in einem unterirdischen Kanal, hörte man das nächtliche Brausen des Wassers, Kühle stieg geheimnisvoll auf und bewegte die Zweige. Rieti ging in seinen Garten zurück, wo sein Assistent ihn erwartete.

Nach zwei Monaten erhielt er die Nachricht, dass das Ministerium seine Forderung abgelehnt habe, neue, gesunde Tiere aus Italien kommen zu lassen. Es wäre auch eine teure Sache gewesen, dachte Rieti, und ein grosser Umstand. Er hatte sich hier eingearbeitet, so gut es ging. Der Assistent sah ihn zweifelnd an.

„Es wäre doch wichtig, neue Tiere zu bekommen", sagte er bescheiden.

Rieti nickte ihm zu. „Wichtig, gewiss", sagte er, „aber wir müssen uns eben einrichten. Wir müssen tun, was wir können."

„Sie sind zu geduldig", sagte der Assistent.

„Das finden Sie also?" fragte Rieti böse, „ich sei zu geduldig?"

„Geduld ist nicht schlecht", sagte der Assistent, „aber zu viel Geduld – in diesem Land führt das zu gar nichts."

Ein Armenier, dachte Rieti, einer von den Tüchtigen, den Revolutionären, einer, der sich nicht abfinden will. „Von wo stammen Sie her?" fragte er ihn unvermittelt.

Höflich antwortete der junge Mann: „Von Urmia, meine Eltern und Geschwister sind während des Kriegs von den Türken ermordet worden. Mich haben die barmherzigen Schwestern gerettet und nach Teheran gebracht."

„Können Sie sich daran erinnern? Ich meine: an den Krieg?"

„Ich habe vieles vergessen, ich war ja noch sehr klein. Aber es gibt Dinge –"

„Fast alle Christen wurden erschlagen?"

„Fast alle, im Lauf der Zeit. Es kamen immer neue Armeen, um die Stadt aus den Händen der vorigen zu befreien. Und jedes Mal gab es blutige Strafgerichte. Man hörte die Leute nachts schreien, die aufgehängt wurden, und am Tag trieb man ganze Haufen junger Chaldäer und Armenier durch die Strassen und erschoss sie draussen auf dem Judenhügel. Einmal hielt ein Chaldäer, Agha Petrus, die Stadt sechs Monate lang. Er musste mit seinen Reitern abziehen, als ihnen die Munition ausgegangen war. Drei Tage später kamen die Türken, man sah sie von weitem heranrücken, auf der Strasse von Täbris, und man öffnete ihnen die Tore. Damals wurden allein in der Missionskirche über tausend Menschen erschlagen. Man warf sie in die Brunnen."

„Hassen Sie die Mohammedaner?"

Der Assistent antwortete nicht. „Man sagt, die Chaldäer und Christen seien feig gewesen", sagte er, „und trotzdem war Agha Petrus ein Held. Man verfolgt uns seit Jahrhunderten, daraus haben die meisten von uns zu viel Geduld gelernt."

„Und wenn die Christen obenauf waren? Haben sie sich nicht gerächt? Haben sie es nicht genauso getrieben?"

„Doch", sagte der Armenier, „sie haben es genauso getrieben. Aber sie waren nicht die ersten, sie haben nicht damit angefangen."

„Sie meinen, man könne, im Krieg, überhaupt von Schuld sprechen?"

Der Armenier errötete schnell und tief. „Es gibt doch einen Angreifer –", sagte er.

„– und jetzt raten Sie mir, ich solle die persische Regierung angreifen, weil man mir keine neuen Ziegen und Kälber kauft!" Rieti begann zu lachen. „Wissen Sie", verriet er, „ich habe auch keine Geduld mehr. Ich bin schon lange fertig mit diesem Land ..."

Sie unterhielten sich an diesem Abend zum ersten Mal über persönliche Dinge. Sie tranken Whisky und blieben sehr lange auf der Terrasse sitzen. Der Abend war kühl, die Müdigkeit, der Alpdruck des Tages wichen – man war auf angenehme Weise ein Mensch.

„Sie möchten nach Italien zurück?" fragte der Armenier.

„Wenn man hier weg könnte!" Nach Italien, dachte Rieti, als ob ich dort etwas zu suchen hätte. Als ob es das glückliche Italien meiner Kindheit noch gäbe! Auch habe ich Heimweh nach Nairobi, aber auch dort habe ich nichts mehr zu suchen als meinen Knaben Charles. Wohin also? Freiwillig nach Abessinien etwa? Aber es wird noch lange keinen Krieg geben, vielleicht überhaupt keinen. Der Armenier trank still. „Ein Glück, dass man mir keinen Mohammedaner als Assistenten mitgegeben hat", sagte Rieti, „die sind ganz und gar unbrauchbar. Die dürfen nicht einmal Alkohol trinken!"

Er hatte am Morgen in einem Artikel in der Teheraner Zeitung gelesen, dass Italien die mohammedanische Religion in Afrika verteidigen werde. Mein Vater würde sich vielleicht freuen, wenn ich mich als Freiwilliger melden würde, dachte er, es wäre vielleicht eine Rehabilitierung, in seinen Augen. Aber er traut mir wohl nichts mehr zu, er hält mich für einen Feigling. Und wahrscheinlich wird es überhaupt keinen Krieg geben. – Was wohl Mario davon hält?

Endlich gingen sie schlafen – und der abessinische Krieg brach erst viele Monate später aus, im Herbst.

„Sie wollen wohl so bald als möglich nach Italien zurück?" fragte der Gesandte. Rieti zögerte einen Augenblick.

„Ich bin nicht deswegen gekommen", sagte er.

Der Gesandte war noch jung, seine Schultern fielen nach vorne, daran änderte auch der übertrieben auf Taille gearbeitete, etwas zu elegante, fast schon geschmacklos wirkende helle Sakkoanzug nichts. Der Blick des Gesandten wich Rieti aus. Ein Auge verbarg sich hinter dem Monokel, das andere erschien müde, war erfüllt von einer feuchten, nicht recht fassbaren Sentimentalität. Der Gesandte war Napolitaner. „Also nicht nach Italien", sagte er, „ich verstehe das nicht ganz! Man würde Ihnen doch alles erleichtern. Man würde erwirken, dass Ihr Vertrag anstandslos gelöst wird. *Anstandslos.* Sie haben sich doch oft über Ihren hiesigen Aufenthalt beklagt?"

„Ich bin jetzt eingearbeitet", sagte Rieti, „ich kann eine einmal übernommene Pflicht nicht einfach vernachlässigen. Ich kann jetzt nicht abreisen."

„Und Ihre Pflicht gegenüber Italien?" fragte der Gesandte.

„Nein", sagte Rieti, fast ungeduldig, „Italien braucht mich nicht." Er dachte an seinen Vater. „Ausserdem bin ich kein Soldat", fügte er schroff hinzu.

Der Gesandte sah ihn zerstreut an. Er sagte: „Natürlich, Sie sind zu gar nichts verpflichtet. Ich hielt es nur für selbstverständlich – bei Ihrer ungeduldigen Art. Ich hielt Ihre Ungeduld für ein Symptom – ich war auch manchmal ungeduldig, wenn es mit meiner Arbeit nicht recht weitergehen wollte. Ich hielt es für ein Symptom Ihrer Sehnsucht nach Italien. Wer Italien liebt, kann es heute beweisen. Ich hielt es nur für natürlich ..."

Sie schwiegen beide, sehr feindlich.

Dann fragte der junge Gesandte, in einem anderen, leichteren Ton: „Man sagt, dass Sie antifaschistische Freunde haben und mit ihnen in Korrespondenz stehen?"

Rieti hörte sich antworten: „Ich hatte einen Schulkameraden, der später Kommunist wurde und nach Paris in die Emigration floh. Ich korrespondiere nicht mit ihm. Übrigens hatte ich viele Schulkameraden, wir waren allein dreissig in derselben Klasse."

„Sie stehen also nicht in Verbindung mit jenem Vaterlandsverräter?"

Rieti sagte: „Wenn ich verantwortlich sein müsste für alles, was aus meinen dreissig Klassenkameraden geworden ist!"

„Also", sagte der Gesandte, „Sie wollen jedenfalls hier bleiben."

„So lange, bis mein Vertrag abläuft."

„So lange, bis Sie Ihre Aufgabe gelöst haben", verbesserte der Gesandte.

Rieti fühlte sich plötzlich furchtbar verlassen. Diese Aufgabe, dachte er, wird doch niemals gelöst sein. Nur der Vertrag läuft ab, aber damit ist noch keine Lösung gefunden, davon versteht dieser olivenfarbige Napolitaner ja gar nichts. Wenn aber der Vertrag abläuft, fahre ich zu Mario. Ich habe ihn heute verraten, und auch meinen Vater habe ich verraten und bitter gekränkt. Übrigens macht das nichts, sie trauen mir ja ohnedies nicht, auf beiden Seiten traut man mir nicht, weder Mario noch dieser Olivenfarbige. Aber Mario am allerwenigsten, und nun habe ich ihn ja auch verraten. Ich brauche nur noch seinen Namen zu nennen, dann bin ich reingewaschen, wenigstens vor diesem hier, und darf mich als Freiwilliger nach Abessinien melden. Das bleibt mir dann noch übrig. Er fühlte sich grenzenlos verlassen.

Der Gesandte sagte, ein wenig höhnisch: „Es ist schön, dass Sie so an Ihrem Beruf hängen. Auch hier können Sie Italiens Ruhm nützlich sein."

Dafür also, dachte Rieti erbittert. Wenn er wüsste, dass mir nichts an meinem Beruf liegt, nichts an meiner Aufgabe, vor allem nichts an diesem fremden Land. Wenn er wüsste, dass dies alles nur eine armselige, unselige Flucht war. Aber er weiss es ja, und jetzt wächst es über meinen Willen hinaus, jetzt bin ich erst wirklich ein Gefangener.

Der Gesandte fragte: „Sie sind sich natürlich klar darüber, dass Sie, bis Ihre Versuche zu einem befriedigenden Resultat führen werden, mit viel Zeit, vielleicht noch mit Jahren rechnen müssen. Sie müssen mit der Langsamkeit, Entschlussunfähigkeit, ja mit dem Widerstand der unaufgeklärten Behörden hier rechnen."

„Aber ich darf auf Ihre Unterstützung zählen?" fragte Rieti matt.

„Gewiss", sagte der Gesandte, „aber natürlich habe ich jetzt andere, dringendere Aufgaben, ich habe alle Hände voll zu tun." Rieti schwieg. Der Gesandte fügte nachsichtig hinzu: „Jedenfalls brauchen Sie noch sehr viel Geduld ..."

Die Mission

Am Morgen kam ein Trupp Soldaten in die Mission. Ein Offizier in türkischer Uniform verlas mit lauter Stimme ein Schriftstück. Während er las, kamen die Flüchtlinge aus dem Keller in den Hof, um zuzuhören. Sie hörten, dass die Truppen, die gestern in Urmia eingezogen waren, zur regulären türkischen Armee gehörten, dass die Stadt von ihnen besetzt worden sei, und dass die Bevölkerung fortan ihrem Schutz unterstellt sei. Dann hörten sie, dass sich alle erwachsenen Männer, verheiratet oder nicht, am gleichen Tag in der Kaserne von Urmia stellen sollten, um ihre Personalien anzugeben. Die Flüchtlinge standen zusammengedrängt hinter den drei Vätern und rührten sich nicht. Sie standen den Soldaten gegenüber, und der Offizier, der das Schriftstück vorgelesen hatte, stand zwischen ihnen auf den heissen Steinplatten des Hofs. Vater François ging auf ihn zu und sagte etwas zu ihm. Der Offizier schüttelte den Kopf und rief, immer mit der gleichen trockenen, nicht sehr lauten Stimme, dass die Männer, die sich in der Mission aufhielten, unverzüglich ihm und seinen Leuten zu folgen hätten. Vater François zuckte mit den Achseln, drehte sich um und wiederholte den Flüchtlingen auf chaldäisch, was der Offizier gesagt hatte. Die Männer blieben ganz still. Aber unten im Keller hörte man ein Gemurmel, welches schnell stärker wurde, und dann schrien alle Frauen und drängten schreiend die Treppe hinauf, die in den Hof führte, und stürzten von hinten auf ihre Männer, die schweigend standen und sich nicht nach ihnen umwandten. Man hörte das durchdringende Weinen der Kinder, die im Keller zurückgeblieben waren.

Der Offizier richtete sich plötzlich aus seiner nachlässigen Haltung auf. „Vorwärts", schrie er, und die Soldaten verteilten sich nach beiden Seiten des Hofs und schlossen die Herde der Männer ein. Das Schreien der Frauen schwoll an.

Vater François hob die Arme, und die beiden jüngeren Väter stellten sich neben ihn, und alle drei machten mit erhobenen Armen ein paar Schritte auf ihre Schützlinge zu. „Beruhigt euch", rief Vater François auf chaldäisch, „euren Männern und Vätern wird nichts geschehen. Man wird ihre Namen aufschreiben, das ist alles, und morgen oder vielleicht heute abend schon werden sie wieder bei euch sein."

Immer mehr Frauen drängten aus dem Keller in den Hof hinaus. „Man wird unsere Männer ermorden", schrien sie. Man sah einige, die sich die Haare rauften und mit den Fäusten auf die Brust schlugen.

Die Soldaten setzten sich in Marsch. Die Männer, vorwärts gestossen, gingen langsam zum Hoftor hinaus, es gab einen Stau, dann bogen sie in die Gasse ein. Die Väter schlossen sorgfältig das Tor. Den ganzen Tag hörte man das Jammern der verlassenen Frauen und Kinder, die im Keller auf Strohbündeln, auf Teppichen oder auf der nackten Erde kampierten. Sie waren in die Mission geflohen, nachdem der tapfere Agha Petrus mit seinen chaldäischen Reitern die Stadt verlassen hatte, um die Munitionslager zu finden, die ihm von den Engländern versprochen worden waren. Ein englischer Flieger hatte über dem belagerten Urmia gekreist und die Botschaft für Agha Petrus abgeworfen, dass er westwärts, auf Khana zu, Munition finden werde. Seither war die Stadt den Strassenkämpfen und den Angriffen der Türken preisgegeben ... Etwa dreihundert christliche Familien, Armenier und Chaldäer, waren in die Mission geflohen. Um dreihundertfünfzig Männer und Jünglinge hatte man am Morgen weggeführt.

Man hörte drei Tage lang nichts von ihnen. Die Väter trösteten die Frauen. Sie versicherten ihnen, dass Gott ihre Männer schützen und sie zu ihnen zurückführen werde.

Am Morgen des vierten Tages schlich ein Mann in die Mission, der wie ein Toter ganz in Tücher gehüllt war. Er war schwer verwundet. Eine Frau sah ihn und stürzte schreiend über den Hof in den Keller, und unten erhob sich ein entsetzliches Schreien und Jammern, noch bevor der Mann Zeit gefunden hatte, von der Katastrophe zu berichten.

Die Männer waren alle tot.

Man hatte sie drei Tage lang in der Kaserne hingehalten, und am vierten Tag hatte man sie frühmorgens aus der Stadt und bis auf den Judenhügel geführt. Dort hatte man sie alle aufgestellt, und die Soldaten hatten angefangen zu schiessen und so lange in sie hineingeschossen, bis keiner mehr aufrecht stand.

Viele waren nur verwundet, aber man hatte sie mit den Toten liegen lassen. Dem Mann war es gelungen, seine Fesseln mit den Zähnen abzureissen, er war auf dem Bauch bis zum ersten Garten gekrochen und hatte sich bis zur Mission geschlichen. Als er sie erreichte, war er schon fast verblutet.

Einer der jüngeren Väter stürzte in den Stall und zog ein Pferd heraus, um so schnell als möglich zum Judenhügel zu reiten und zu schauen, ob man noch einige der Verwundeten retten könne. Vater François stieg auf das Dach des Seminars. Er sah den Jungen zwischen den Gärten verschwinden und drüben auf dem Feldweg, der zum Hügel führte, wieder auftauchen. Dann sah er etwas Entsetzliches: Durch die Gassen der Stadt wälzten sich lärmende Menschenhaufen, er erblickte Gewehrkolben, Keulen, Messer über ihren Köpfen und sah, wie sie sich von allen Seiten dem Osttor zuwälzten. Dann waren sie zwischen den Gärten – ihr wildes Geschrei drang an seine Ohren – und danach wieder im Freien, wo sie sich verteilten und alle schreiend dem Judenhügel zuliefen. Er begriff, dass sie zu der Mordstätte liefen, um sich an dem Anblick der Erschossenen zu weiden und um den Verwundeten den Rest zu geben.

Der junge Vater kam zu Fuss zurück. Er war bis zum Hügel gekommen und hatte den Haufen der Toten gesehen, aber Gendarmen hatten ihn weggewiesen. Dann hatte er die anstürmende Menge der Muselmänner erblickt und war zu den Gärten gelaufen, und hatte sich auf diese Weise gerettet.

Er bekam zwei Wochen später Typhus. Er phantasierte im Fieber und schrie, dass man ihm Totenköpfe zu essen gebe. Und bis zu seinem Ende gelang es Vater François nicht, den Unglücklichen zu beruhigen und von seiner entsetzlichen Erinnerung zu befreien.

Der Konsul von Täbris forderte Vater François in einem Brief auf, mit allen Vätern und Nonnen die Mission zu verlassen und nach Täbris zu kommen, da der Konsul für ihre Sicherheit in Urmia nicht mehr einstehen könne. Die Nonnen brachen am nächsten Tag auf: Sie nahmen ein blindes Mädchen und ein typhuskrankes Kind mit sich. Das Kind war schon so schwach, dass die Schwester Oberin Leichentücher einpackte, um es unterwegs begraben zu können, aber durch ein Wunder überstand es die Strapazen der Reise und wurde später, bei den Schwestern in Täbris, gesund gepflegt.

Die Nonnen von Urmia reisten in Droschken,

die mit halb verhungerten Pferden bespannt waren und mit ihren hohen, schwachen Rädern den schlechten und steinigen Gebirgswegen kaum widerstehen konnten.

Es war im Juni. Die Hitze war unerträglich. Manchmal konnte man kein Wasser finden, und wenn man Glück hatte, bekam man als Nahrung in den Dörfern ein paar Brocken Brot, welches aus Stroh und Holzspänen und sehr wenig Mehl gebacken war. Die Dörfer waren halb zerstört, rauchende Trümmerhaufen, oft von Seuchen heimgesucht, oft ausgeraubt, von Türken, Kurden, Chaldäern, Soldaten und Räubern.

Die Pferde waren so schwach, dass man an steilen Wegpartien die Wagen entladen musste, um sie überhaupt noch von der Stelle zu bewegen. Dann trugen die Nonnen das Gepäck, Handtaschen, Ballen, Bettzeug und Gebetbücher, Stück für Stück den Berg hinauf ...

In Urmia vergingen einige ruhige Wochen. Vater François nahm die Zöglinge der Nonnen auf, fünfzig Waisenkinder, die sie zurückgelassen hatten. Und ebenso behielt er in der Mission die Kinder der erschlagenen Christen. Niemand erhob dagegen Einsprache. Der Vater war seit fünfzehn Jahren in Urmia, und nicht nur die Christen liebten ihn, auch die Muselmänner, die Städter und die Kurden aus dem Gebirge. Er fühlte sich sicher. Niemand würde ihm etwas tun. Das Tor der Mission stand wieder offen, man las die Messe, am

Abend hörte man über den Dächern und Gärten das helle Gebimmel der Missionsglocke.

Eines Tages verbreitete sich unter den Christen das Gerücht, die Russen seien im Anzug. Eine Armee marschiere von Norden her auf Urmia, noch ein Tag, und die Stadt werde von den Türken befreit sein. Während der Nacht blieb das Gerücht in Umlauf; die Christen, Armenier und Chaldäer gerieten in einen Zustand gespannter Erwartung und wilder Freude, und am frühen Morgen zogen sie haufenweise zum Nordtor, um die Russen zu empfangen.

Vater François versuchte, die Leute, die in der Mission hausten, zurückzuhalten. Es nützte nichts. Sie stürzten, vom allgemeinen Freudentaumel erfasst, hinaus.

Von den russischen Truppen war nichts zu sehen. Aber in den Gassen der Stadt rotteten sich die Muselmänner zusammen, sie näherten sich dem Nordtor von allen Seiten, verstopften alle Zugänge mit Bewaffneten und begannen zu schiessen. Ein furchtbares Geschrei erhob sich. Die Christen, gefangen und von Panik erfasst, wurden erschlagen wie Hasen. Man hörte ihr Schreien bis ins Innere der Stadt, bis in die Mission, und hinter dem Geschrei folgten die Fliehenden und Kämpfenden. An diesem Tag floss kein Wasser mehr durch die Kanäle, die aus der Stadt in den Missions-Garten kamen, sondern Blut.

Am Nachmittag brandete der Strassenkampf an

das Tor der Mission, und das Tor gab nach und öffnete seine Flügel. Und nun starben alle, Männer und Frauen und Jünglinge und Kinder. Vater François eilte in die Kirche hinüber und rief denen, die sich fliehend hineindrängten, entgegen, dass sie Mut fassen sollten. Und das Morden setzte sich in der Kirche fort. Der Vater wurde erschossen, während er den Leuten mit erhobenen Armen Mut zurief.

Drei Tage Morgendämmerung

Die Ingenieure sassen alle um einen kleinen Tisch und verbrachten ihren letzten Urlaubsabend. Sie hatten Bärte und trugen enge Khakihosen und hohe, geschnürte Stiefel, und sie sahen ungewöhnlich und abenteuerlich aus. Alle anderen Gäste beobachteten sie, wie sie tranken und sich neuen Whisky bestellten und unzufrieden waren, weil es keinen Pernod gab, und wie sie dann ihren Whisky weitertranken, den die Armenierinnen selbst hinter der Bar hervorbrachten. Sie hofften, dass die Ingenieure sie einladen würden, und blieben länger als nötig neben ihrem Tisch stehen. Aber die Ingenieure waren ganz mit dem Trinken und mit ihren Diskussionen beschäftigt, und die Mädchen zogen sich verärgert wieder zurück und beobachteten hinter der Bar gelangweilt, wie sie tranken.

Rieti sass zwischen den Ingenieuren. Sie waren seine Landsleute, und er hatte drei Tage mit ihnen durchgehalten. Er hatte den Eindruck, als seien sie drei Tage lang in der Morgendämmerung vom „Pars" ins „Astoria" gegangen, verfolgt von fadem Whiskygeschmack. Sie hatten getrunken und bezahlt. Getrunken, bezahlt, aufgestanden, über die Strasse gegangen. Drei Tage Morgendämmerung.

Aber jetzt war es die letzte Urlaubsnacht. Alles hatte einmal ein Ende.

„Landsmann", sagte der neben ihm, „also du wirst uns oben auf Firuskuh besuchen. Auf unserem Schloss zu Firuskuh."

„Das ist ausgemacht", sagte Rieti.

„Wir werden einen trinken", sagte sein Nachbar. „Auf die Gesundheit des Duce, und auf die Gesundheit seiner Untertanen vom Firuskuh-Pass."

„Es lebe der italienische Arbeiter von Firuskuh."

„Von leben kann wohl keine Rede sein", sagte ein junger Mann, der ihnen gegenüber sass. „Aber man stirbt gern fürs Vaterland. Pro Patria." Er hob sein Glas hoch.

Rieti sagte: „Ist es wahr, dass im letzten Winter viele Leute da oben gestorben sind? Ist es wahr, dass die Arbeiter in Fieber-Baracken wohnen?"

Sein Nachbar beugte sich nach vorn und legte die Arme auf den Tisch. Er blinzelte Rieti an. „Kommst du uns auch mit den Fieber-Baracken?" fragte er. „Und mit den blauen Wanzen von Firuskuh? Sie beissen, und man stirbt daran. Man stirbt schneller von den blauen Wanzen als vom Malariafieber."

Rieti sah, dass sich der Junge gegenüber ein wenig aufrichtete. Er hörte ihn sagen: „Bei uns ist noch kein Arbeiter wegen blauen Wanzen gestorben. Nicht solange ich beim Bahnbau bin. Aber viele an der Malaria." Und Rieti erinnerte sich an die frischen Gräber auf dem katholischen Friedhof von Teheran. Es war eine Reihe von Gräbern mit gleichen, einfachen Soldaten-Grabsteinen, auf denen etwas eingemeisselt war, was ein Fascio vorstellen sollte.

„Schweig", sagte sein Nachbar. „Du bist ein grüner Junge und hast von blauen Wanzen keine Ahnung. Warst du schon einmal blau, drei Tage lang blau und nichts anderes?"

Er wandte sich an Rieti und stützte einen Ellbogen auf. „Dottore", sagte er, „hören Sie nicht auf diesen total blauen Jungen. Hören Sie auf mich. Ich bin nicht so betrunken, wie ich aussehe, und wie jener blaue Junge dort drüben. Ich sage Ihnen im Guten: Lassen Sie sich nicht auf die Geschichten von den Fieber-Baracken ein."

„Gut", sagte Rieti. „Aber wie ist es mit den Tigern von Mazanderan?"

„Da hört ihr es", sagte der Nachbar. „Er glaubt das Märchen von der Malaria, und das Märchen von der blauen Fieber-Wanze, und das Märchen vom grossen Tiger. Glaubst du, dass jede Nacht ein armer, unschuldiger, italienischer Arbeiter vom Tiger geholt wird? Glaubst du das?"

„Es sind Fälle vorgekommen."

„Lasst doch", sagte der Junge. „Macht euch doch nicht lächerlich mit eurem Viva-Viva-Patriotismus. Leugnet doch nicht, dass wir Arbeiter verlieren, weil sie schändlich schlecht untergebracht sind."

Ein dritter meldete sich. Er hatte einen enormen, rötlich-blonden Bart. Aus dem Bart kam seine Stimme, ganz heiser. „Warum redest du nur von den Arbeitern?" fragte er. „Sind wir etwa Schweine? Bekommen wir kein Malariafieber? Werden wir nicht dreckig, werden wir nicht ebenso von den Wanzen gebissen?"

„Ist es wahr, dass die italienischen Firmen alle anderen unterboten haben, und dass sie es an den Arbeitern wieder einsparen?" fragte Rieti.

„Es ist wahr", sagte der Junge. „Aber man soll sich hüten, davon zu sprechen. Man soll den Minister, der etwas dagegen tun könnte, nicht davon überzeugen, dass er für die italienischen Arbeiter verantwortlich ist."

„Hör schon mit deinen Arbeitern auf!"

„Man soll, im Gegenteil, den Minister beruhigen. Er soll glauben, dass alles in Ordnung ist."

„Hör auf, hör doch um Himmels willen endlich auf. Hör auf, von Sachen zu reden, die du nicht verstehst!"

Sie wandten sich an Rieti.

„Die Arbeiter haben sich freiwillig in Italien engagieren lassen. Sie haben Einzelverträge, für die man niemand verantwortlich machen kann", sagte sein Nachbar. „Sie sind auf eigenes Risiko nach Persien gekommen. Wir auch. Es ist wahr, dass die Firmen unterboten haben, aber das ist lange her. Jetzt haben die Belgier um zwanzig Prozent unterboten. Um zwanzig Prozent." Er sagte das zu dem Jungen.

Der Junge hörte nicht mehr zu. Der andere sammelte sich und sah Rieti an. „Alle Firmen machen ihre billigen Angebote auf Kosten der Arbeiter. In der ganzen Welt ist das so. Die Belgier machen es ein bisschen weniger, weil sie Angst vor ihren Sozialisten haben, und weil sie es sich leisten konnten. Sie sind erst spät nachgerückt, als die Arbeitsbedingungen hier schon bekannt waren. Sie haben von unserer Erfahrung profitiert, um uns um zwanzig Prozent zu unterbieten."

„Ein schlechtes Geschäft für die italienischen Firmen", sagte Rieti.

Der mit dem roten Bart redete aus dem Bartgestrüpp heraus, es klang orakelhaft: „Kein Mitleid mit den Firmen", sagte er. „Sie werden es einsparen. Sie werden zwanzig Prozent an den Arbeitern und an uns einsparen. Wir werden Wanzen essen und die Malaria kriegen. Dieser Junge hat die Malaria gehabt. Er sollte lieber nach Hause fahren. Aber er kann nicht, er hat seit drei Monaten kein Gehalt bekommen. Junger Mensch, du solltest den Minister dafür verantwortlich machen."

„Nichts gegen den Minister", sagte der neben Rieti. „Er hat getan, was er konnte. Er hat nach Rom telegraphiert."

„Ja, er hat sich's was kosten lassen", sagte der Junge, der wieder aufgewacht war und mit zurückgeworfenem Gesicht den Glasleuchter über ihm anstarrte.

„Hätte er sich für uns hängen lassen sollen?" fragte Rietis Nachbar. „Er hat dies und jenes getan. Er hat einen Arzt geschickt, der uns gesagt hat, wir sollten die blauen Wanzen fressen, um gegen sie immun zu werden."

Die anderen lachten. Der Junge starrte immer noch die Lampe an.

„Sag selbst: Würdest du dich für mich hängen lassen?" fragte ihn sein Nachbar.

„Nein", sagte der Junge. „Und übrigens kann man niemand dafür verantwortlich machen. Es ist auf der ganzen Welt so. Es ist, weil man niemand dafür verantwortlich machen kann ..."

In Mazanderan blieb während des Sommers alles ruhig. Aber im Süden, an der Baustrecke des dritten Loses, welches ein Italiener gekauft hatte, traten fünfzig libanesische Arbeiter in Streik. Man hatte ihnen keinen Lohn ausbezahlt und ihnen nichts zu essen gegeben. Es hiess auch, dass die Hitze da unten einfach unerträglich sei. Die Libanesen standen unter französischem Schutz und waren von einem italienischen Unternehmer angestellt worden. Es kam zu Verhandlungen zwischen den beiden Legationen.

Inzwischen kamen aus dem Süden alarmierende Telegramme. Die streikenden Libanesen waren mit den Italienern des Nachbarloses aneinandergeraten. Die Hitze, die Entbehrungen und der Hunger machten die Leute verrückt, und man befürchtete, dass der Streik sich ausbreiten und dass es zu wirklichen Kämpfen kommen werde.

Man konnte nichts anderes tun, als die persische Polizei davon zu benachrichtigen.

Fast dasselbe Leiden

Die Halle war schon voller Leute. Die Gäste standen herum, einige gingen ins Rauchzimmer, welches eigentlich das Arbeitszimmer des Ministers war, und liessen sich in den tiefen, bequemen Bombaystühlen nieder. Der griechische Boy lief mit Zigaretten von einer Gruppe zur anderen. Er war dreizehn Jahre alt und hiess George, Madame hatte ihn aus Konstantinopel mitgebracht. Es war eine Laune von ihr gewesen, ein Anfall von Mütterlichkeit oder einfach der Wunsch, mit dem kleinen Jungen griechisch zu reden. Denn Griechisch war ihre Muttersprache. Sie war eine kleine, zarte Dame aus Konstantinopel, und sie hatte die gekräuselten Löckchen auf der Stirn und die hohen, grossen, runden, ratlosen Augen der byzantinischen Mosaike, die offenbar ihre Vorfahren darstellten. Heute gab sie ihr erstes Diner in diesem fremden Land.

Es war ein grosses Diner, man hatte über zwanzig Personen in dem schmalen Speisezimmer der Gesandtschaft plazieren müssen. Madame hatte sich den ganzen Tag nicht getraut, in das Speisezimmer zu gehen oder gar in die Küche, wo zwei Köche, deren Namen sie nicht kannte, die Vorbereitungen für das Essen trafen. Madame kannte noch immer die Hinterräume ihres Hauses nicht. Sie wurde von ihrer Haushälterin tyrannisiert, einer grossen dicken Armenierin, die seit zehn Jahren in der Gesandtschaft war und sich stets auf eine Reihe von Vorgängern zu berufen wusste, die alles anders gemacht hatten, als Madame es hätte tun wollen. Anna klopfte Madame ein Stäubchen von der Schulter, wenn sie mit ihr sprach, und sie sprach immer mit lauter Stimme und so, als geriete sie vor Entrüstung ausser Atem. Madame schrumpfte vor ihr zusammen und gab nach, in allem. Es war nur George, der noch auf sie hörte. Ein Strassenjunge aus Stambul – sie wusste, dass die anderen Angestellten ihn so nannten. Aber sie waren ihr gleichgültig, die anderen Angestellten, die Alis, Mahmuts und Hadschi Babas. Mochte doch Anna sich mit ihnen ärgern! Anna, die immer alles so viel besser wusste!

Jetzt, um neun Uhr abends – alle Gäste waren schon da ausser seiner Hoheit, dem Protokollchef –, traute sich Madame bis unter die Tür ihres Speisezimmers und schaute hinein. Sie übersah die lange Tafel nicht ganz, aber sie sah Blumen, eine Dekoration aus geköpften Stiefmütterchen – natürlich, ihre Stiefmütterchen, die einzigen Blumen im Garten, die sie liebte! –, viel Glas, Kerzen, kleine Butterschälchen und Toast neben jedem Gedeck. Es schien alles in Ordnung. Sie hörte die Stimme Annas durch die offene Anrichte und zog sich leise zurück. Sie ging schnell, mit sehr kleinen

Schritten, durch die Halle und drückte sich mit gesenkten Augen an den Gruppen ihrer Gäste vorbei. Sie kam gerade auf mich zu.

„Ach, da sind Sie ja", sagte sie. Sie fasste eifrig meine Hand. „Es sind zwei Amerikaner gekommen", fuhr sie fort. „Ein Herr und eine Dame. Sie sind nicht verheiratet. Er ist Archäologe. Die Dame ist – ich glaube, sie ist Malerin. Oder sie ist einfach reich. Ich weiss nicht, was ich mit ihnen machen soll. Ich dachte, Sie könnten mir ein wenig helfen, vielleicht?"

Ich fand die Amerikaner im Rauchzimmer. Sie sahen alte Seidenstoffe an, einen Stoss kleiner Fetzen, die auf dem Kaminsims lagen.

„Guten Abend, Gordon", sagte ich, „alter Knabe."

Er drehte sich um, strahlend. „Auch schon hier?" fragte er. „Mrs. Batten, darf ich vorstellen: dies ist das Mädchen, welches die letzte Saison draussen mit uns gearbeitet hat."

Sie streckte mir wie von weit her ihre Hand entgegen. Sie war gross und hatte leuchtende braune Augen.

„Wann bist du angekommen?" fragte ich Gordon. „Warum hast du den ganzen Winter keine Zeit gefunden, deinen Bart abschneiden zu lassen?"

„Wirklich", sagte er, „ich habe absolut keine Zeit gehabt. Vier Monate waren herum wie nichts."

Mrs. Batten sah uns gross und aufmerksam an.

„Sie sind zum zweiten Mal in Persien?" fragte sie mich.

„Und Sie," fragte ich, „sind Sie zum Vergnügen hergekommen?"

„Das weiss ich noch nicht."

„Mrs. Batten malt", sagte Gordon.

„Das ist Nebensache, Gordon. Ich habe Ihnen schon gesagt, dass Sie davon nicht sprechen sollen. Dieses Land hat Farben –" Sie wandte sich an mich: „Würden *Sie* den Mut haben, hier zu malen?"

„Nein", sagte ich, „weil ich nicht malen kann. Ich photographiere ..."

Sie blieb ganz sanft. „Gordon sagt mir aber, dass Sie schreiben."

„Manchmal, nebensächlich."

„Ich möchte mit Ihnen über Persien reden", sagte sie. „Gordon, lassen Sie uns allein."

Gordon ging. Wir liessen uns in zwei mit Chintz überzogenen Lehnsesseln nieder. Mrs. Batten setzte sich so, dass sie mir ins Gesicht sehen konnte. „Sie sind so jung", sagte sie. „Ich kann nicht begreifen, dass Sie den Mut gehabt haben, nach Persien zurückzukommen. Nachdem Sie es einmal kannten."

„Es gab hier dies und jenes, wofür ich mich interessierte."

„Die Archäologie?"

„Beispielsweise."

„Ich gebe zu, dass man sich dafür passionieren kann. Es ist ein Schatzgräber-Instinkt."

„Sie vergessen die wissenschaftliche Neugier."

„Nein", sagte sie, „ich habe daran gedacht. Mein Mann ist Forscher, Arzt drüben in den Staaten. Er ist Krebsforscher."

Ich schüttelte den Kopf. „Das dürfen Sie nicht vergleichen", sagte ich, „was er tut, kommt nicht der Wissenschaft zugute, sondern den Menschen."

„Er fühlt sich aber nicht so. Er fühlt sich nicht als Wohltäter, sondern als Forscher."

„Während dies hier einer Flucht gleicht ..."

„Oh, also doch", sagte sie froh. „Jetzt kommen wir der Sache doch näher."

„Nein. Es hat keinen Zweck, darüber zu reden."

„Es ist Ihnen unangenehm? Aber warum sind Sie dann zurückgekommen? Wenn Sie das alles spüren? Die Gefahr, weil das Land zu gross ist, und weil die Natur einen tötet?"

„Ich habe nichts von Gefahr gesagt."

„Nun gut", sagte sie, „dann werde ich es Ihnen sagen. Die Natur ist hier so stark, dass sie einen tötet. Man müsste aufhören, ein Mensch zu sein, an die menschlichen Bedingungen gebunden. Man müsste ein Stück Wüste und ein Stück Gebirge werden können, und ein Streifen Abendhimmel. Man müsste sich dem Land anvertrauen und darin aufgehen. *Dagegen* zu leben ist ein solches Wagnis, dass man vor Angst umkommt."

„Man hört von selbst auf, dagegen zu leben, wenn man eine Weile hier ist."

„Das ist das Gefährliche", sagte sie. Sie sah mich mit ihren leuchtenden Augen an.

„Man muss etwas tun", sagte ich, „Aktivität hilft darüber hinweg."

„Wie wollen Sie an das glauben, was Sie tun", sagte sie. „Wie wollen Sie in diesem entsetzlichen Land an den Sinn von etwas glauben?"

„Man muss."

„Die Leute, die hier geboren sind, tun nichts. Es ist rührend, sie an einem Bachufer oder unter einem Baum sitzen zu sehen, auf einem Teppich, den Samowar neben sich aufgestellt – ganz wie auf den alten Miniaturen, aber erloschen."

„Sie vergessen, dass die Leute Opium rauchen."

„Auch in China raucht man Opium." Sie sah mich wieder an. „Aber dort ist es etwas anderes. Die Menschen haben dort das Land gemacht, die Menschen beherrschen die Kunst des Leidens, deshalb sind Armut und Leiden weniger schrecklich als hier. Mein Mann hat mir erlaubt, in Persien zu bleiben. Um zu lernen, zu malen, zu reisen. Ich wollte die Farben dieses Landes sehen, und auch seine Städte und seine Gärten. Aber ich weiss jetzt, dass ich nicht bleiben kann. Oh, ich werde mich hüten. Ich werde es mit China versuchen. Hier ist es hoffnungslos."

„Und es ist doch ein schönes und grossartiges Land", sagte ich.

Sie beugte sich vor, mit leuchtenden Augen, und legte mir die Hand auf die Schulter. „Man soll sich nicht in Versuchung führen", sagte sie, „nicht zu sehr, und nicht, wenn man jung ist."

In diesem Augenblick kam mein Freund Gordon mit der Ministerin zurück. „Sie unterhalten sich sicher über die Schönheit Persiens", sagte er.

Die kleine Ministerin machte eine verzweifelte Gebärde. „Immer die Schönheit Persiens, immer seine Vorzüge!" sagte sie und, fast erschrocken, setzte sie entschuldigend hinzu: „Sie, Mrs. Batten, sind nur zu Besuch hier. Das ist ganz etwas anderes."

Mrs. Batten lächelte höflich. „Wir sind so viel Grossartigkeit nicht gewöhnt", sagte sie.

Die Ministerin seufzte. „Drei Jahre, in einer Stadt wie Teheran – oder noch viel länger –, man fühlt sich so verloren!"

Wir standen auf, um in das Esszimmer zu gehen. Es war zehn Uhr. Der Stambuler Strassenjunge stand in seiner neuen Uniform an der offenen Flügeltür.

Madame ging mit Gordon voraus.

Mrs. Batten folgte neben mir, sie ging gross, schön und sicher durch die Halle. „Also, junge Freundin", sagte sie, „hüten Sie sich. Nehmen Sie nicht den Kampf auf gegen die rasenden Windmühlen dieses Hochlandes. Hüten Sie Ihren Mut."

Ich schwieg. Sie sagte mir, was ich längst wusste. Auch Gordon wusste es.

Mrs. Batten fuhr fort: „In diesen Kreisen ahnt man natürlich nichts, das eigentliche Land, das Geheimnis bleibt ihnen verschlossen."

Ich sah die Ministerin durch die Flügeltür schlüpfen, sie lächelte dabei George an, es wirkte kummervoll, und er grüsste aus seinem bleichen, frechen Knabengesicht zurück.

„Vielleicht täuschen wir uns", sagte ich zu Mrs. Batten, „das, worauf es ankommt, ist fast dasselbe Leiden."

Vans Verlobung

An unserem Garten führte die Karawanenstrasse vorbei. Sie überschritt die Furt unten beim Tor und folgte dann dem kleinen Fluss und unserer langen, gelben Gartenmauer aus Lehm und gehacktem Stroh. Während der warmen Jahreszeit und bis tief in den Herbst hinein waren die Karawanen des Nachts unterwegs. Sie brachen aus den Khans von Teheran auf, wenn es dunkel wurde, und eine Stunde später langten sie bei der Furt an und wandten sich dann südwärts, auf Veramin zu. Man hörte ihre Glocken von weither, es gab helle darunter, die nicht viel Eindruck machten: das waren die kleinen – und es gab dunkle, dröhnende, die anders klangen als alle anderen Glocken auf der Welt: das waren die grossen, die an den Satteltaschen der Kamele, an ihren Flanken hingen und schwer hin- und herschlugen. Man hörte sie die ganze Nacht.

Ich schlief im kleinen Haus des Direktors. Es lag am Ende des Gartens, und seine Aussenmauer war in die Gartenmauer hineingebaut. Man hörte die Glocken und das unzufriedene Schreien der Kamele, und die heiseren Rufe der Treiber, die die Tiere in das Wasser trieben. Man hörte auch das gelbe Flusswasser vorbeifliessen, und von drüben, vom

Tschaikhane am anderen Ufer, vernahm man manchmal Gesang. Die Perser sassen dort auf Teppichen, im Kreis um eine Laterne, die von einem grossen, weitverzweigten, fächerförmigen Baum herabhing. Sie hatten vor sich stehen ein Kohlenbecken, einen grossen Samowar und grüne Schalen voll saurer Milch. Sie rauchten Tabak aus langen Holzpfeifen und zähes Opium, welches sie mit kleinen glühenden Kohlestücken erwärmten und an geschlossene Pfeifenköpfe aus blauweissem Porzellan klebten. Durch eine winzige Öffnung des Pfeifenkopfs sogen sie den süsslichen Opiumrauch. Dies alles konnte man beobachten, wenn man auf dem Dach des Hauses lag, auf dem flachen gestampften Lehm, der nun, wie ein Kachelofen, die während des Tages angesammelte Wärme angenehm zurückgab. Man sah die Perser im rötlichen Schein der Laterne auf ihren Teppichen sitzen, und sah sie den Rauch aus ihren Pfeifen ziehen und langsam ausstossen. Der Samowar blitzte, und oben war das Geäst des Baumes dunkel wie ein Zeltdach unter dem hellgelben Himmel. Der Himmel schien niemals erlöschen zu wollen. Von der Stadt her kamen die Karawanen, in weisse Staubwolken gehüllt, und ihre Glocken dröhnten.

War man erst vom Dach in den Garten herabgestiegen, so sah man nichts mehr. Die Mauer war einerseits zu hoch, doch hätten andererseits auch die Granatapfelbäume jede Aussicht unmöglich gemacht. Sie füllten den Garten wie ein Wald; man ging durch eine lange, schattige Allee zwischen ihren ordentlichen Reihen zu beiden Seiten bis zum Expeditionshaus hinunter. Dort wohnten die Assistenten: George Gordon und Van, der Architekt, und der Russe mit seinen photographischen Apparaten. Dort lag auch das Museum mit seinen Zeichentischen, den Schreibmaschinen, dem Mikroskop und den langen Brettergestellen, auf denen man die Fundgegenstände, nach Nummern geordnet, aufbaute. Von diesen Gestellen hatte der Raum seinen Namen „Museum" bezogen, obwohl er ein gewöhnlicher, nüchterner Arbeitsraum war.

Van, mehr als die anderen dort beschäftigt, hatte seinen Zeichentisch neben der Tür, unter dem grossen Fenster. Manchmal blieb er den ganzen Tag im Museum, über einen seiner Pläne gebeugt. Er sang während der Arbeit, er heulte vielmehr, plötzlich tief Atem holend, mit unmenschlich lauter Stimme. Ich glaube, es waren Negerlieder. Er verstummte ebenso plötzlich wieder. Es kam vor, dass er sich selbst hörte, dann drehte er sich erschrocken um und sagte: „Entschuldigt bitte", aber meistens hörte er sich nicht und setzte nach einem solchen Ausbruch ein gemässigtes Summen und Pfeifen fort, bis es ihn wieder packte.

Er stammte aus Arkansas. New York war für ihn eine Legende, Arkansas war die Wirklichkeit, war Amerika, war Jugend und Heimweh-Land. Van redete von den Negern wie von einer anderen Spezies Mensch, was ihn nicht hinderte, sie einzubeziehen in „Arkansas", ja sogar für sie zu schwärmen. Die Neger zu lieben war eine Sucht wie Jazz und Whisky: fast schon ein Laster. Vans Eltern waren keine Katholiken, sie waren etwas Strenges, Puritanisches – Presbyterianer oder Methodisten. Van war ihr wohlgeratener und dankbarer Sohn. Ich denke mir, dass es in Arkansas viele solche Söhne geben muss, und auch Töchter. Sie sind fromm, dankbar, anhänglich. Sie werden eines Tages ihre Kinder so erziehen, wie sie selbst erzogen wurden, und sie halten es für richtig. Sie verachten den Nigger und glauben an viele Tugenden. Sie glauben an die Notwendigkeit dieser Tugenden.

Aber dieser Nigger, dieser Zeitungsjunge auf der Strasse, der sie, wenn sie von der Schule nach Hause gingen, unwiderstehlich anzog, dessen sanfte Wildheit sie entzückte und mit dem sie Freundschaft schlossen, um von ihm in geheimnisvolle Lebensbezirke eingeführt zu werden: Drugstores mit schlechtem Whisky, Gratisfahren im Omnibus, die Niggerstadt unten am Fluss – dieser Negerjunge war nachher da und spielte Mandoline, hackte auf eine Reihe von Gläsern, blies in Trichter, schlug sich auf den Mund, geigte hinreissend auf schwingenden Sägen, spielte Klavier, indem er mit seinen langen, hellen Fingerspitzen weich die Tasten berührte – und sang. Er tanzte, den Oberkörper nach hinten gebeugt, den Kopf mit blassroten Lippen und verzückten Augen zurückgeworfen – und er sang. Er war Schauspieler und redete und sang, und er war ein junger Boxer, der zwischen den Seilen hing, und er war Student und trug einen hellen Filzhut – und da sang er wieder, zärtlich-schmerzvoll.

Van war mit Negern befreundet. Er war erwachsen, seine Eltern gaben ihm Taschengeld und waren der Meinung, man müsse den jungen Leuten ein bisschen Freiheit gönnen. Und die jungen Leute zerschlugen das Mobiliar der Tanzlokale von Arkansas und liessen sich in den Strassen von der Polizei festnehmen – hingerissen von einer Kreolenbande, einem Niggersänger und dem jungen Boxer, den ein weisser Gegner, ein tierischer Hüne, unter dem tierischen Beifall der Zuschauer knock-out geschlagen und zwischen die Seile geworfen hatte. Während der Nigger angezählt wurde, stand sein Manager neben ihm und neigte sich beschwörend über sein ohnmächtiges Gesicht. Dann hob er ihn sorgfältig auf ...

Van war kein Trinker. Sein schwacher Magen hinderte ihn daran. Aber wenn er von Arkansas erzählte, schien es uns, als habe er sich dort in ständiger Trunkenheit befunden. Man sah ihn, blass, mit geröteten Augen und klebrig wirrem Haar, im Fordwagen auf der Landstrasse, lange, weisse, gerade Landstrasse von dreissig, vierzig, sechzig Meilen Länge, Landstrasse, die sinnlos gerade die Landschaft durchschnitt, ohne Rücksicht auf Hügel und Tal, Dörfer vergessend und einsame Gehöfte beiseite lassend – Gespensterlandstrasse des geschichtslosen Landes, blind, eilend, von einem Punkt zu einem anderen, und blind, eilend, sie entlangstürmend Van, dem die Nachtluft die Stirn kühlt.

Er war verlobt mit einem Mädchen in der Stadt Helena, aber als er eines Nachts von dort zurückfuhr, packte es ihn: nicht mehr anzuhalten, ihren Namen zu vergessen, seinen Namen dem Nachtwind preiszugeben, sich selbst den Stürmen, seine Brust den Stürmen – und in einem Augenblick fühlte er die Nichtigkeit von allem, was er getan hatte, von allen Zukunfts-Plänen, die sich rechtfertigen liessen bei nüchternem Verstand. Aber was galt ihm der nüchterne Verstand jetzt?

Van kam nach Persien. Er wurde der Architekt unserer Expedition. Er vergass die Villen, die er für die reichen und frommen Leute von Arkansas hätte bauen sollen, und die Fabriken, Hochhäuser, Riesenhotels. Er lernte etwas über Moscheen, Bäder und islamische Wohnhäuser, über Mongolentürme und Zitadellen. Der trockene Hochebenen-Wind dörrte seine Haut, und der gelbe Staub der Ruinenhügel entzündete seine schwachen Augen. Er stand um vier Uhr auf, fuhr den Lastwagen, machte täglich die gleichen Niveaumessungen. Er ass wenig, weil er das Essen nicht vertrug, und er brachte jeden Freitagabend eine Batterie Wodkaflaschen aus der Stadt. Er war ein angenehmes Mitglied des Expeditionsstabs, und wir mochten ihn alle gern.

Er hatte uns ebenfalls gern. Aber das war auch alles: Persien lag ihm nicht besonders, und die Arbeit auch nicht, die er zu tun hatte. Er hasste es, um vier Uhr geweckt zu werden, und sagte, er wisse selber am besten, wie er seine Sachen einteilen und damit fertig werden müsse. Natürlich half es ihm nichts, er wurde doch geweckt und musste sich an die Tageseinteilung halten. Er gab es bald auf, sich dagegen zu wehren.

(...)

Ich stelle mir vor, dass Van keine Ausnahme gemacht hat. Er war ganz der Typ des „Passionné", des leidenschaftlichen Liebhabers, der auf etwas hofft und sich über seine Schwäche hinweghilft, über die Enttäuschung, die Wirklichkeit. Aber Van kannte keine Wirklichkeit von Persien. Er hielt sich an etwas anderes, an ein Traum-Persien, von dem er die Farben sah, die gewaltigen Gebirgsfalten, die leeren Flussbetten, die dünne, verwirrende Hochebenen-Luft. Und das Traum-Persien zehrte ihn langsam aus. Er war zuletzt wie ein Fieberkranker.

„Weisst du irgend etwas über Persien?" fragte er mich einmal.

Es war draussen auf der Grabung, wir sassen im Schatten des Zeltes und hatten das Land bis zum Demawend und darüber hinweg vor uns ausgebreitet.

„Ich bin ziemlich viel herumgereist", antwortete ich.

„Das meine ich nicht", sagte Van. „Ich meine, ob du etwas darüber aussagen könntest."

„Man kann schon. Es ist Leuten, die es nicht gesehen haben, nicht leicht begreiflich zu machen. Aber man kann es."

„Du willst sagen: wie jedes Land. Man kann es beschreiben?"

„Es hat einen Charakter, einen grossartigen und öden, den man deutlich machen kann."

Van dachte nach.

„Persien ist aber doch für jeden etwas anderes. Es bedeutet jedem etwas." Er suchte immer lange nach Worten.

„Magst du es?" fragte ich.

Das Land zwischen der Stadt und dem Bereich unserer Ruinen war totes Land. Es war gelb von Staub, nichts konnte gedeihen ausser einem kurzen, dürren Steppengras. Die Karawanen-Kamele, wenn man ihnen die Lasten abgenommen hatte, weideten dort. Sonst gab es nur Friedhöfe und die rauchenden Türme von Ziegelbrennereien. Über der Stadt und über den kahlen, scharfkantigen, leuchtenden Höhenzügen schien noch die Sonne. Sie hatte die warme Farbe des Abends.

„Es ist schön", sagte Van. „Natürlich ist es sehr, sehr schön ..."

„Aber?"

„Ich weiss nicht ..."

„Ich weiss, was du meinst."

Der Vorarbeiter Baba kam aus der Grabung herauf. „Es ist sechs Uhr", sagte er, „man sollte läuten." Van nickte. Baba läutete die Glocke, die im Zeltgiebel hing. Sofort tauchten auf den Grabungsstellen die Köpfe der Arbeiter auf, sie hatten es eilig wegzukommen. Sie verteilten sich auf dem Feld, die kleinen, künstlichen Wasseradern entlang, einige beteten, andere fingen an, sich zu waschen.

„Gehen wir essen", sagte Van. Wir packten die Instrumente, die Fundlisten und Pläne zusammen. Van rief einen Jungen, der die Sachen hinter uns her bis zum Lastwagen trug und dann mit einem anderen Jungen zurückging, der den Wagen den Nachmittag über bewacht hatte. Wir fuhren auf der staubigen Landstrasse, an den Kamelen und Eselherden und schläfrigen Treibern vorbei, durch das Dorf, bogen an der Kreuzung nach rechts ab und fuhren durch das Tor aus alten Benzinkannen in unseren Hof.

Es läutete gerade zum Nachtessen.

Van bekam eines Nachts das Sandfliegen-Fieber. Es war anders als Malaria und dauerte nur ein paar Tage, aber nachher behielt man eine unangenehme Schwäche zurück wie nach einer schweren Krankheit. Van war der einzige von uns, der das Fieber bekam. Er wehrte sich den ganzen folgenden Tag dagegen, aber dann, gegen Abend, packte es ihn mit Schüttelfrost und fliegender Hitze, und er ging in sein Zimmer hinüber und kam nicht zum Essen.

Das Fieber stieg in der Nacht bis 40 Grad, sank

am Tag auf 38 und dauerte im ganzen fünf Tage. Van ass während dieser Zeit nichts, seine Nase wurde spitz und die Haut über seinen mageren Backen dünn und gespannt. Er bekam einen harten Bart, der grau aussah. Am Abend, bevor das Fieber anfing zu steigen, fühlte er sich besser und wollte aufstehen. Es war die Zeit, um die ich ihn zu besuchen pflegte. Er lag zugedeckt auf seinem Feldbett, die Lampe beschien sein mageres Gesicht, er sah abgespannt und friedlich aus. „Ich könnte ein bisschen aufstehen", sagte er. „Ich könnte leicht aufstehen und ein bisschen im Garten umhergehen."

Er wusste natürlich, dass wir es ihm nicht erlauben würden.

„Wieviel Fieber hast du?" fragte ich.

„Achtunddreissig", sagte er. „Das ist gar nichts, beim Militär würde man mich für einen Simulanten halten."

„Warte bis morgen."

„Ich sollte lieber aufstehen und mir ein bisschen Bewegung machen."

Er lag ganz ruhig, und man konnte auf seinem Gesicht beobachten, wie das Fieber zurückkam.

„Fühlst du dich wirklich besser?" fragte ich.

„Ausgezeichnet", sagte er. Seine Stimme sank zusammen, weil das Fieber wieder anfing. Sie wurde matt, und die Lippen wurden trocken und schmal.

„Ich werde dir Tee holen", sagte ich. Ich nahm Vans Taschenlampe und ging über den Hof zur

Küche. Der Diener Hassan sass auf der Schwelle im Dunkeln. Er wollte aufstehen, als ich kam, und griff nach seinen Ghives. Seine Füsse waren geschwollen – während der letzten Tage, die sehr heiss gewesen waren, hatten sich offene Wunden gebildet. Er konnte beinahe nicht mehr gehen, und jetzt, nachdem das Nachtessen vorbei war, hatte er seine Schuhe ausgezogen, um die Füsse abzukühlen.

„Bleib sitzen!" sagte ich. Ich fand den Samowar, füllte eine Teekanne mit heissem Wasser und ging damit über den Hof zurück.

Als ich in Vans Zimmer kam, sass er aufrecht, auf die Hände gestützt, in seinem Bett. „Sieh dir das einmal an", sagte er und machte mit dem Kopf ein Zeichen zur Lampe hinüber. Wir hatten einen weissen Schirm über die Lampe gestülpt, um Vans Augen zu schonen. Jetzt war der ganze Schirm mit Nachtfaltern bedeckt. Es waren grosse, schwarze Nachtfalter, einige von ihnen schwirrten innen um das Lampenglas und machten einen Höllenlärm, aber die meisten hatten sich auf dem Schirm festgesetzt, sowohl innen wie aussen, und krochen langsam, doch mit ekelhaft eilfertigen Bewegungen über die durchsichtige, hellerleuchtete Fläche.

Van starrte mit schwarzen Fieberaugen auf die Lampe. „Es tut mir leid", sagte er, „aber ich halte das nicht mehr aus. Es ist zu scheusslich."

Ich nahm die Lampe und stellte sie neben das Fenster auf den Fussboden. Das Licht würde alle

Falter, die im Zimmer waren, um sich versammeln und von Vans Bett wegziehen.

Er goss sich hastig Tee ein, langte dann nach einer Zigarette, zündete sie an, und legte sich auf sein Kissen zurück. „Es war scheusslich", sagte er, „sie kamen aus allen Ecken und schossen in mein Gesicht und krochen meinen Armen entlang. Ich machte die Lampe aus, aber es wurde nur noch ärger. Sie schienen mein Gesicht gern zu haben."

„Es war wegen der Zigarette", sagte ich. „Als die Lampe aus war, sahen sie kein anderes Licht mehr und versuchten, in die Asche von deiner Zigarette hineinzufliegen."

„Es sind lasterhafte Tiere", sagte Van. „Sie haben das Licht-Laster, sie können sich absolut nicht beherrschen."

Wir hörten die Falter durch das Zimmer schnurren und sich in den Lichtkreis der Lampe stürzen. Sie prallten gegen den Schirm und schwirrten zwischen Schirm und Lampenglas herum. Es waren sicher fünfzig Falter, und es knisterte und schnurrte und flatterte wie ein Holzfeuer, und dann wieder, wie wenn Wind an nasser Wäsche zerrt. Manchmal fiel ein Falter, von der heissen Luft angezogen, in die Röhre und verbrannte: das verursachte jedes Mal einen prasselnden Aufruhr.

„Opfer ihrer unglücklichen Neigungen", sagte Van. Er rauchte, den Kopf zurückgelegt, seine Hand zitterte dabei. Es sah aus, als habe er nicht mehr die Kraft, die Zigarette zwischen den Fingern zu halten. „Jede Nacht ist es so", sagte er, „wenn ich die Lampe ausmache, stürzen sie sich auf mein Gesicht. Nicht dass ich Angst vor ihnen hätte – aber sie sind so ekelhaft. Wenn ich den Kopf drehe, zerdrücke ich sie auf dem Kissen. Und sie kriechen meinen Fingern und meinen Armen entlang." Es schüttelte ihn plötzlich.

„Du solltest das Rauchen aufgeben", schlug ich vor. „Wenigstens des Nachts."

„Aber es wirkt auf mich wie ein Schlafmittel", sagte er.

Ich sah, dass die Zigarette ihm aus den Fingern fiel, ohne dass er es bemerkte. Ich hob sie auf, und dann sah ich, dass das Leintuch an verschiedenen Stellen verbrannt war, und dass die Strohmatte auf dem Fussboden lauter braune Flecken hatte. Er würde eines Nachts das Haus anzünden ...

Ich stand auf, ging zum Fenster und blies die Lampe aus. Es war unangenehm, zu fühlen, wie die Tiere, durch die plötzliche Dunkelheit aufgestört, sich erhoben und den Bannkreis der Lampe verliessen. Ich öffnete das Fenster, die kühle Nachtluft strömte herein. Als ich mich mit der Taschenlampe in der Hand noch einmal über Van beugte, schien er zu schlafen, und ich ging leise aus dem Zimmer.

Als Van wieder gesund war, machte ihm noch lange Zeit eine Art von Schwäche zu schaffen. Er konnte die Hitze nicht ertragen und war am Abend bleich wie ein Leintuch. Er hätte nichts trinken sollen, das wäre sicher am besten für ihn gewesen, aber es war unmöglich, ihn davon abzubringen. Er trank, im Gegenteil, mehr als früher. Man hätte es ihm ausreden sollen, aber es gab keine Argumente. „Ich werde nicht so bald wieder krank", sagte er. „Und für später ist es mir gleichgültig."

Natürlich liess sich nichts dagegen machen.

Einmal blieb er den ganzen Tag über fort. Der Direktor fragte beim Frühstück nach ihm. Wir sagten, dass er vielleicht draussen auf der Grabung sei. „Er hat doch heute vormittag keinen Dienst", sagte der Direktor. Wir sagten nichts. Van kam auch nicht zum Mittagessen. Den ganzen Nachmittag wartete ich draussen auf ihn, ich konnte vom Zelt aus das Feld bis zur Landstrasse überblicken, aber er kam nicht. Gordon sagte, dass er nach dem Essen in die Stadt fahren wolle, um nach Van zu suchen. Aber dann kam er.

Wir hörten ein Auto vor dem Hoftor anhalten. Wir sassen noch um den Tisch herum, im Freien. Van kam über den Hof und durch die Küche, deren Türen offen standen. Er trug den Hut noch auf dem Kopf. Er ging auf seinen Platz zu, stützte die Hände auf die Stuhllehne und sagte: „Ich bitte um Entschuldigung. Und ich habe euch eine Neuigkeit mitzuteilen, ich bin verlobt!"

„Sind Sie dessen sicher, Van?" fragte der Direktor.

Van wurde rot. „Ich dachte mir schon, dass Sie

erstaunt sein würden", sagte er.

„Wann ist es denn passiert?" fragte Gordon. Es war ein bisschen plötzlich gekommen, Van hätte besser getan, erst zu essen und bis morgen zu warten. Aber er tat einem leid.

„Gestern nacht", sagte er, stotternd.

„Na, ich gratuliere also", sagte der Direktor. Er erhob sich und verschwand im Dunkeln.

Hassan kam mit dem aufgewärmten Essen und stellte die Platte vor Van auf den Tisch. Er begann, hastig zu essen.

„Ist es wirklich dein Ernst?" fragte Gordon. Ich hatte den Eindruck, dass es Van ernst damit sei, wenigstens im Augenblick.

„Welche Nationalität?" fragte ich.

„Sie ist aus Kolumbien", sagte Van.

„Warum nicht eine Perserin? Was macht ein Mädchen aus Kolumbien in Persien?"

„Sie hat Verwandte besucht. Sie wollte nach Hause reisen, aber ich stoppte sie. Ich hielt sie davon ab."

„Sehr nützliche Tat", sagte Gordon. „Du bist der reine Menschenfreund, Van!"

Van ass hastig. „Wir heiraten in vierzehn Tagen", sagte er.

Gordon sah zu mir herüber.

„Schön und gut", sagte ich. „Unsere herzlichsten Glückwünsche, Van. Aber du hättest uns vorher fragen können. Man fällt guten Freunden nicht so mit der Tür ins Haus ..."

Wir bekamen Vans Braut nie zu sehen. Er fuhr fast jeden Abend in die Stadt, und der Direktor erlaubte ihm, den Ford zu benützen. Er versuchte, sich die Papiere zu beschaffen, die für seine Verheiratung mit einem Mädchen aus Kolumbien notwendig waren. Sie war aus Kolumbien gekommen, aber sie war deutsche Staatsangehörige und hatte die letzten drei Jahre in Persien zugebracht. Das komplizierte natürlich die Dinge. Vierzehn Tage vergingen, ohne dass Van sich verheiraten konnte. Gordon und ich hofften, dass die Papiere nie eintreffen würden, und dass der persische Verwaltungsapparat so viele Schwierigkeiten wie gewöhnlich erfinden würde, um die Angelegenheit hinauszuzögern. Wir segneten die persischen Einrichtungen, die dazu gemacht sind, jede Aktivität zu verunmöglichen. Van fühlte, was wir über seine Verlobung dachten. Er sprach mit uns fast nie darüber. Er hielt uns von seiner Braut fern.

Nach etwa drei Wochen fragte er den Direktor, ob er drei Tage Urlaub bekommen könne, um nach Pehlevi zu fahren. Seine Braut reise nach Deutschland, und er wolle sie bis auf das Schiff bringen, das von Pehlevi nach Baku fährt. Der Direktor erlaubte es ihm.

„Dann ist sie wenigstens weg", sagte er zu uns beim Nachtessen.

Gordon stimmte ihm zu. „Wenn sie erst einmal weg ist", sagte er. „Van ist da so hineingerutscht. Wahrscheinlich weiss er, dass er eine Dummheit gemacht hat, aber er kann es nicht zugeben. Wenn sie erst einmal weg ist, wird er sich besinnen."

Ich war am nächsten Vormittag allein im Museum. Ich schrieb mit schwarzer Tusche Zahlen auf die Fundgegenstände und drückte die gleiche Zahl mit einem Stempel auf die ausgefüllten Katalogkarten. Ich nahm einen Gegenstand in die Hand und verglich ihn mit der Beschreibung auf der Karte, bevor ich die Nummer darauf schrieb. Es war eine langweilige Arbeit. Ich nahm den nächsten Gegenstand in die Hand, und Van kam durch die Tür herein und stellte sich neben mich, mit dem Rücken an den Zeichentisch gelehnt.

„Hallo, Van", sagte ich. „Ich dachte, ihr rollt schon nach Pehlevi."

„Wir fahren heute abend und die Nacht durch", sagte er, „es ist weniger heiss."

Er sah zu, wie ich die Nummer aufmalte.

„Ich wollte dir auf Wiedersehen sagen", fing er an. „Ich bin nur hier herausgekommen, um dir auf Wiedersehen zu sagen."

„Na", sagte ich, „in drei Tagen –"

„Ich habe eine Dummheit gemacht."

„Es wird schon wieder in Ordnung kommen."

„Ich weiss nicht", sagte Van. „Sie will absolut, dass ich sie heirate. Sie will nach Deutschland fahren und wieder zurückkommen, und ich soll inzwischen hier alles vorbereiten."

„Habt ihr das zusammen so ausgemacht?"

„Ja", sagte er, „wir haben ganz offen darüber gesprochen. Aber ich möchte nicht, dass sie wieder zurückkommt."

Ich legte die Feder weg und zündete mir eine Zigarette an.

„Es ist schade, dass du es dir nicht früher überlegt hast", sagte ich.

„Ich möchte nicht unfair gegen sie sein", sagte er. „Ich habe mich an jenem Abend schrecklich in sie verliebt!"

„Das ist doch wahrhaftig kein Grund, sie zu heiraten."

„Sie wollte es so gern. Und nun möchte ich mich anständig gegen sie benehmen."

„Glaubst du, dass du es irgendwie einrichten kannst?"

„Wenn sie erst einmal in Deutschland ist; aber dann sehe ich sie nicht mehr."

„Sei froh, wenn du es irgendwie einrichten kannst", sagte ich. „Ich an deiner Stelle wäre froh, dass sie wegfährt."

Van stand auf. „Ich weiss schon", sagte er, „aber ich liebe sie vielleicht. Es wäre schrecklich, wenn ich sie wirklich liebte. Es ist keine angenehme Situation."

Es war an einem Mittwoch. Am Freitag, unserem Feiertag, konnte Van von Pehlevi zurück sein. Gordon und ich waren in der Stadt zum Abendessen eingeladen. Wir assen ziemlich spät, und gingen gegen elf Uhr noch ins „Astoria", wo man während der heissen Zeit im Freien sass. Man hatte rings um das Wasserbecken Teppiche ausgebreitet und Tische darauf gestellt, und die Kapelle spielte im Hintergrund des Gartens, in einer Laube aus hellgrünen Reben.

Wir blieben bis ein Uhr und waren von unserer Gesellschaft die ersten, die aufbrachen.

„Ich möchte wissen, ob dieser Van schon zu Hause ist", sagte Gordon. „Es würde mich wundern –"

Wir fuhren durch die breite, lange Strasse, die vom grossen Platz in einem Bogen um den Bazar herum zum Kasvin-Tor führt. Am Rand der Strasse, neben dem Kanal mit seinem trüben, schmutzigen, langsam fliessenden Wasser, wuchsen kleine Bäume, die jetzt ganz mit Staub überzogen waren.

„Ich glaube, da ist er", sagte ich.

An einem der Bäume lehnte ein Mann, einen europäischen Hut auf dem Kopf, und versuchte, durch die Finger zu pfeifen. Er lehnte mit einer Schulter am Baumstamm, steckte zwei Finger in den Mund und pfiff den Mond an. Der Mond stand im ersten Viertel und war klein und unbedeutend.

„Ja, wahrhaftig, das ist Van", sagte Gordon. Er fuhr an den Strassenrand und hielt.

Van schickte gerade einen langen, wohlgeratenen Pfiff zum Mondviertel empor. Wir riefen ihn an. Er löste sich vom Baum und kam langsam auf den Wagen zu. „Hallo, boys", sagte er, ohne uns zu erkennen. Er war offenbar betrunken.

„Einer von uns ist aber eine Dame", sagte Gordon.

„Noch besser", sagte Van gutmütig. „Ich habe soeben meine Dame verabschiedet. Ich habe sie ins Kaspische Meer versenkt." Er schwieg, neigte den Kopf zur Seite und sah wieder den kleinen Mond an.

Ich rief: „Van!" und er wandte sich um und nahm umständlich den Hut ab. „Van", sagte ich, „fein, dass du wieder hier bist. Du brauchst dir wegen der Kaspisee keine Gedanken zu machen. Die Dame kommt sicher bis nach Deutschland."

Gordon langte nach dem Wagenschlag. „Einsteigen!" sagte er.

Van gehorchte. Es fiel ihm schwer. „Hört", begann er, „ich habe mich wie ein Schwein benommen. Ich habe sie einfach abgeschoben, über die Kaspisee."

Gordon fuhr schon. Er sagte zu mir: „Ein Glück, dass wir ihn aufgelesen haben. Hoffentlich macht es dir nichts aus."

„Nein", sagte ich.

Als wir uns nach Van umwandten, lag er hinten im Polster und schlief.

Eine Bekanntmachung

„Die mir am 25.1.1932 in der russisch orthodoxen Kirche in Teheran angetraute Katharina Kraitner geborene Petronova ist am 4.1.1313 datum iran zum mohammedanischen Glauben übergetreten, und hiermit ist unsere Ehe nach Iranischem Gesetz automatisch geschieden, auch das österreichische Konsulat steht dieser Tatsache machtlos gegenüber. Ferner gebe ich bekannt dass durch eine Blutprobe festgestellt wurde, dass das, nach 7 Monaten und 20 Tagen in unserer Ehe zur Welt gekommene Kind nicht von mir stammt, und warne jeden ihr auf meinen *Namen Kredit* zu geben.

Rudolph Kraitner, Teheran."

Katharina Kraitner legte die Zeitung weg und sah zu ihrem Mann hinüber. Er sass in einem der hohen, unbequemen Sessel mit steiler Rückenlehne, die in Persien nach schlechten europäischen Vorbildern gemacht wurden.

„Hör mal", sagte Katharina, „hast du das in die Zeitung gesetzt?"

„Allerdings", sagte er, „wer denn wohl sonst?"

Sie schwieg eine Weile. Dann sagte sie: „Richtig, wer denn sonst. Ich hätte mir gleich sagen können, dass niemand ausser dir fähig ist, so etwas zu tun."

„Was meinst du damit?" fragte er. „Meinst du damit, dass ich kein Recht hatte, diese Bekanntmachung in die Zeitung zu setzen? Meinst du etwa, dass ich dir irgendeine Rücksicht schuldig bin?"

„Ich meine nur, dass niemand ausser dir so etwas tun könnte."

„Na", sagte er, „ich bin dir ja Gott sei Dank keine Rechenschaft schuldig!"

Sie antwortete nicht. Sie nahm das Blatt noch einmal in die Hand und las die Bekanntmachung aufmerksam durch. „Warum hast du *Namen Kredit* kursiv drucken lassen?" fragte sie. Er sass mit steifem Nacken in seinem Stuhl und rauchte. Den Aschenbecher hatte er auf einen kleinen, hochbeinigen Ziertisch neben sich gestellt. „Habe ich jemals auf deinen Namen Schulden gemacht?" fuhr sie fort.

„Natürlich nicht", sagte Kraitner. „Ich habe dir, denke ich, immer genug Geld gegeben. Aber damit ist es jetzt vorbei."

Sie stand hastig auf und durchquerte das Zimmer. „Könntest du mir eine Zigarette geben?" fragte sie. Er griff in die Tasche und reichte ihr das Etui. Sie zündete sich eine Zigarette an, setzte ihre Wanderung durch das Zimmer fort.

„Bitte", sagte er, „wenn es dir möglich ist, schnipp die Asche nicht auf meine Teppiche. Hier ist ein Aschenbecher."

Sie ging zu ihrem Stuhl zurück und schlug mit

der flachen Hand auf das Zeitungsblatt. „Und dieses Deutsch!" sagte sie. „Was heisst denn, nachdem du von dem Kind und der Blutprobe sprichst, 'und warne jeden *ihr* Kredit zu geben'?"

„Vielleicht regst du dich über etwas anderes auf", sagte er. „Die Leute werden schon verstehen, wer und was gemeint ist!"

„Dass du dich nicht vor den Leuten schämst", sagte Katharina.

„Ich?" fragte er. Dann beugte er sich ein wenig vor und sagte: „Ich habe mich genug deinetwegen geschämt, wahrhaftig genug! Als ich dich vor drei Jahren heiratete, haben mich meine Freunde vor dir gewarnt."

„Deine Freunde!" sagte sie, „wer waren denn deine Freunde!"

„Unterbrich mich bitte nicht die ganze Zeit! Aber ich dachte damals, ich würde mit dir fertig werden. Ich glaubte an deine guten Seiten und glaubte, dass du dich schon darauf besinnen würdest, wenn du erst mit mir verheiratet sein und in eine anständige Umgebung kommen würdest."

„Ja", sagte sie, „du hast dir grosse Mühe gegeben, mich zu erziehen."

„Du brauchst dich nicht darüber lustig zu machen", sagte Kraitner.

„Aber nein", sagte sie.

Er zerdrückte den Rest seiner Zigarette im Aschenbecher und beugte sich noch weiter vor, wie um seine Frau im Auge zu behalten. „Ich hätte wissen müssen, dass man keine Russin heiratet", sagte er. Sie starrte ihn schweigend an. Er sah ihr schweigendes Gesicht, den grossen, leicht geschlossenen Mund, die breiten Backenknochen, auf denen sich alle Blässe zu sammeln schien, die weit auseinanderstrebenden Augen, die bäurische Stirn unter dem bäurisch glatten, flachsblonden Haar. Den Triumph über dieses schöne, allzu vertraute Gesicht auskostend, sagte er: „Ihr seid eben alle gleich. Emigranten oder Kommunisten, ich würde nicht die Hand umdrehen." Sie sah ihn aus Augen an, die durch ihn hindurch gingen und vor denen er sich immer gefürchtet hatte. Sie konnte seinen Blick aushalten, und er war sicher, dass sie ebenso jeden Anblick der Welt aushalten könne. Es waren Schlafwandler-Augen.

„Warum haben wir eigentlich geheiratet?" fragte sie.

„Ich habe es dir soeben erklärt", sagte er, „ich glaubte, ich würde dich auf den rechten Weg bringen können."

„Ach", sagte sie, „und ich dachte, du habest mich vielleicht geliebt!"

Ihre Augen wichen nicht von der Stelle. Er fühlte seine Position schwächer werden. Er hatte ihr furchtbare Dinge gesagt und hatte sich im Recht geglaubt, für einmal. Bisher war er immer der Schwache gewesen, weiss der Himmel weshalb. Er hatte seit seiner Verheiratung versucht, das richtige Verhältnis herzustellen und seine Frau so von ihm abhängig zu machen, wie es sich gehörte: Er hatte sie immer wieder fühlen lassen, dass es sein Haus war, in dem sie lebten, und dass es sein Geld war, von dem sie sich und das Kind kleidete. Aber es war ihm nie gelungen, sie zu demütigen. Jetzt war der Augenblick dafür gekommen. Sie hatte alles getan, um sich ins blutige Unrecht zu setzen. Sie hatte ihn betrogen, schon vor der Ehe, und hatte die Lüge die ganze Zeit zwischen ihnen ertragen. Es war ungeheuerlich!

„Katharina", sagte er, „bevor wir uns für immer trennen, wirst du vielleicht die Güte haben, mir den Namen zu sagen ..."

„Wirst du dann eine neue Bekanntmachung in die Zeitung setzen?" fragte Katharina. „Wirst du schreiben: Ich gebe Ihnen bekannt, dass ich durch diesen und diesen Mann ..."

„Hör schon auf", sagte er.

„Sie wissen nun doch alle, dass das Kind nicht von dir ist!"

„Schweig!" schrie er, „wenn du nicht genug Taktgefühl hast, um dich zu schonen, so schweig wenigstens mir zuliebe!"

„Du warst ja auch so ungemein taktvoll."

„Nachdem du mich durch deinen absurden Übertritt lächerlich gemacht hattest", schrie er, „war es das einzige, was mir übrigblieb. Der einzige Weg aus dieser lächerlichen Situation war, dich zu verleugnen. Verstehst du das nicht?"

Sie hob langsam die Augen, sah ihn an, stand auf

und ging bis zur Tür, ohne aufzuhören, ihn anzusehen.

„Dann hat es sich ja gelohnt", sagte sie. „Ich bin froh, dass du so aufrichtig bist, Rudolph."

„Wieso hat es sich gelohnt?"

„Dich einmal die Wahrheit sagen zu hören", sagte sie. „Nicht die korrekte Wahrheit, mit der operierst du ja immer –, sondern die nackte Wahrheit, die Wahrheit deines Inneren. Ich habe dich in Gefahr gebracht, lächerlich zu erscheinen – und du hast mich daraufhin verleugnet, um der Lächerlichkeit zu entgehen."

„Wie sollte ich mich denn gegen dich wehren?" sagte er, leiser.

„Natürlich", nickte sie, „aber jetzt hat es sich ja gelohnt. Jetzt hast du dich fein gegen mich gewehrt!"

Sie schloss die Tür hinter sich, und war fort. Rudolph hörte sie durch das anstossende Zimmer gehen, und dann in den Hof hinaus, wo sie nach dem Diener Hassan rief. Und obwohl er genau verfolgen konnte, was sie machte, und obwohl sie nur ein paar Schritte von ihm entfernt, im Innenhof seines Hauses, war, hatte er das Gefühl, dass sie weit fort sei. Er hatte dieses Gefühl immer, seitdem er sich entschlossen hatte, sie preiszugeben und sich an ihr zu rächen. Es war, als sei sie in Wirklichkeit nie bei ihm gewesen, sondern immer nur durch die Kraft seiner Einbildung. Jetzt zeigte es sich. Er hätte Katharina, um diesem Gefühl zu entgehen, die ganze Zeit unter seinen Augen haben müssen, aber auch das war qualvoll. Sie hatte ihn oft gebeten, sie freizugeben, und dann hatte sie gedroht, dass sie eines Tages fortlaufen werde, aber er hatte keinen Grund gehabt, ihre Drohung ernst zu nehmen. Was wollte sie denn allein mit dem Kind, in einem Land wie Persien? Er erinnerte sich, dass sie früher, bevor er sie geheiratet hatte, Russisch- und Französisch-Stunden gab. Hatte sie davon etwa leben können? Nein, er hatte sie aus dem Elend gezogen. Er hatte ihr sein Haus, sein sicheres Einkommen, seine bescheidene, aber solide Position geboten. Als das Kind geboren wurde, nach sieben Monaten und zwanzig Tagen, war er ihrer sicher. Die Verachtung, die sie ihm zuweilen zeigte, hatte ihn kalt gelassen, so sicher war er seines Besitzes. Meistens war sie ruhig und freundlich gewesen, eine gute Hausfrau. Drohung, Verachtung, eine Art von blindem Hass und Zorn, die manchmal in ihr wach wurden, hatten ihn nicht gestört. Trotzdem, dachte er, ist sie immer die Stärkere gewesen. Ich habe sie nie demütigen können. Ich wollte es gern, aber es ist mir nicht gelungen. Drei Jahre sind wir verheiratet, und jetzt zeigt sie ihre wahre Natur. Sie versucht, schonungslos, mich in den Augen der Leute lächerlich zu machen. Mag sie doch gehen, je eher, desto lieber. Mag sie doch. – Aber warum hat sie unter allen Mitteln dieses absurdeste gewählt, diesen absurden Übertritt zum Islam? Katharina! Liebte sie also einen Perser? War sein Sohn

Rupert ein Perser? Als er die „Bekanntmachung" auf die Redaktion gebracht hatte, wollten sie sie nicht drucken. Er hatte ihnen gesagt, dass er dafür jeden Preis zahle, und dass er das Recht habe, bekannt zu geben, was ihm Spass mache. Und damit basta. „Aber weshalb wollen Sie den Leuten unbedingt erzählen, dass das Kind nicht von Ihnen ist?" Warum? Er wollte es so. Er wollte seine Frau preisgeben.

Er hörte sie in das Nebenzimmer zurückkommen, welches ihnen als Schlafzimmer diente. Sie sprach mit dem Diener. „Also pass auf das Kind auf", sagte sie. „Pass auf, dass es nichts in den Mund steckt, und dass es nicht auf die Strasse hinausläuft. Ich komme in einer Stunde wieder." Sie wollte ausgehen. Wohin? Wohin ging seine Frau ohne ihn, jetzt, heute, nachdem alles in der Zeitung gestanden hatte? Hatte sie jetzt noch den Mut, auf die Strasse zu gehen?

„Katharina!" rief er. Er hielt den Atem an. Einen Augenblick war es nebenan still, dann verliess Katharina das Zimmer. Er lauschte angestrengt. Sie ging. Sie war fort.

Katharina lief durch die enge, kleine Gasse, die ihr Haus mit der Lalezar verband. Sie lief zwischen den hohen, gelben Mauern hindurch, die noch jetzt, am Spätnachmittag, die Hitze der Junisonne ausströmten. Als sie die Lalezar erreicht hatte, blieb sie stehen und winkte eine Droschke heran.

Sie hatte ein Tuch um die Schultern gelegt und keinen Hut aufgesetzt. Sie war gross und hielt sich aufrecht, und die Leute starrten sie an. Mein Gott, dachte sie, ich laufe ohne Hut durch die Strassen, und ich bin Mohammedanerin! Auf einmal fühlte sie, wie lächerlich dies alles war. Sie war Mohammedanerin. Sie, Katharina Petronova, aus Kiew, der Stadt der vielen Klöster und der vielen Kirchen und der brausenden Glocken. Nein, die Glocken von Kiew waren tot, dachte sie, und sie brauchte sich deswegen nicht zu beunruhigen. Drei Jahre war sie verheiratet gewesen, zwölf Jahre in Persien. Als sie glaubte, es nicht mehr aushalten zu können, griff sie zu dem Ausweg, der sich ihr bot, und wurde Mohammedanerin. Das hörte sich sonderbar an. In Wirklichkeit hatte es ein paar Besuche bei einem Mullah gekostet, der im Bazarviertel wohnte, ein Greis im Turban, ein wohlmeinender Greis, der auf einem weissen Esel ritt. Es hatte eine kleine Zeremonie und etwas Geld gekostet. Nun war sie geschieden. Vor Gott und den Menschen? Als sie sich verheiratete, war es ähnlich gewesen: eine Zeremonie, und alles war vorüber. Rudolph Kraitner ihr Mann. Ein kleinlicher, pedantischer, eingebildeter, unsicherer Mann. Diese Annonce, dachte Katharina, ist es denn möglich, dass ein Mensch so etwas tut? Und was habe ich getan? Ihn betrogen? Ich bin ihm davongelaufen. Sie versuchte, während die Droschke die Lalezar hinauffuhr, sich klarzumachen, was dies alles bedeutete.

Heirat, Kirche, das Kind, ihr Verhältnis zu Rudolph, die dreijährige Gewohnheit, ihn neben sich zu sehen und mit ihm in demselben Zimmer zu schlafen. Die Bedeutung solcher Akte und Zeremonien, die einem einfachen Entschluss folgten und ihn unwiderruflich machten – was davon war Wirklichkeit? Lebte sie in der Wirklichkeit? Irgendwie, dachte Katharina, muss man den Kopf oben behalten, soviel ist doch gewiss. Die Droschke bog in die Stambuli ein. „Zur Garage Chevrolet", rief sie dem Kutscher zu. Es war gut, ein Ziel zu haben.

Sie gab dem Kutscher zwei Kran und stieg aus. Im Hof fragte sie nach Iwan. Noch nicht da. Sie setzte sich in das „Wartezimmer", auf die Frauenseite. Es war ein kleines Zimmer neben dem Eingang, für die Leute bestimmt, die Autoplätze nach Pehlevi, Isfahan oder Kermanschah gemietet hatten und nun auf die Abfahrt warteten. Katharina sass neben zwei persischen Frauen im Tschador, die unter dem schwarzen Tuch hinweg neugierig umhersahen. Sie unterhielten sich schnell, mit ihren hohen Stimmen, wie zwitschernde Vögel. Wenn doch Iwan zurückkäme!

Er kam um sieben Uhr und betrat das Wartezimmer, so wie er war: ganz verstaubt und voller Ölflecken. „Du bist es", sagte er, „ich konnte mir gar nicht denken, was für eine Frau auf mich warten sollte!"

Katharina lächelte. „Wir haben uns lange nicht gesehen", sagte sie.

„Nicht meine Schuld", sagte Iwan. „Dein Mann macht ein Gesicht, wenn ich zu euch komme –"

„Ja", sagte Katharina hastig, „er mag dich nicht. Er mag keine Russen."

Die persischen Weiber sahen sie kichernd an. „Gehen wir weg", sagte Iwan. „Die sind womöglich aus Rescht. Die verstehen sicher Russisch."

„Gehst du nicht essen?" fragte sie.

Sie überquerten die Strasse und betraten eine Garküche, die sich im Erdgeschoss des Hotels „du Garage" befand. Katharina setzte sich Iwan gegenüber. Ein Mann in einer schmutzigen Schürze stellte eine Schüssel mit Reis und einen kleinen Teller mit Fleischstücken in einer gelben Sauce vor Iwan hin. „Und zu trinken", sagte Iwan, „Raki oder Wodka, eine kleine Flasche, zwei Gläser."

„Wir haben keinen Schnaps –"

„Dann lauf hinüber und hol welchen, in der russischen Handlung."

Katharina fragte: „Wie geht es?"

„Wie es kann", sagte Iwan, „nur zu müde –"

„Wann bist du weggefahren?"

„Vorgestern abend. Bis Kasvin. Drei Stunden Schlaf, dann durchgefahren bis Pehlevi. Wir waren um fünf Uhr in Pehlevi, es waren Leute da, die am Vormittag mit dem Dampfer von Baku gekommen waren. Natürlich wollten sie sofort losfahren, und wir fuhren wieder bis Kasvin. Dort schlief ich ein paar Stunden. Sie waren verdammt schlechter Laune deswegen, aber ich musste schlafen. Wir fuhren nachmittags um drei wieder weg, hatten eine Panne, kamen soeben an."

„Wie oft machst du das?"

„Zweimal die Woche. Auf jeden Dampfer."

„Und verdienst gut?"

Er zuckte die Achseln. „Ich würde lieber einen Lastwagen fahren. Man ist dann freier –"

Er goss das Fleisch und die Sauce über den Reis und begann alles mit der Gabel zu mischen. Der Bursche kam mit einer Flasche Wodka zurück. „So ist's recht", sagte Iwan, kauend. Und zu Katharina: „Du kannst doch noch trinken? Du kannst doch noch etwas vertragen?"

„Rudolph trinkt fast nie Alkohol", sagte sie. Der Name ihres Mannes erinnerte sie plötzlich, weswegen sie hergekommen war. Es war schwer, jetzt daran zu denken.

„Du bist also drei Tage lang von Teheran weggewesen?" fragte sie.

„Ja", sagte er, „was ist dabei?"

Immer, wenn sie mit Iwan zusammen war, fiel es ihr schwer, an etwas anderes zu denken. Es fiel ihr, beispielsweise, schwer, sich zu erinnern, dass sie mit einem Mann namens Rudolph Kraitner verheiratet war. Alles Fragwürdige und Ungewisse ihrer Existenz schien wie weggeblasen, wenn sie mit Iwan zusammen war, aber das Zusammensein mit ihm war einfache, fraglose Wirklichkeit.

„Dann hast du also drei Tage lang keine Zeitung gelesen?" fuhr sie fort.

„Natürlich nicht", sagte er.

„Bitte", sagte sie, „lies dies!" Sie zog aus ihrer Handtasche die „Bekanntmachung", die sie aus der Zeitung geschnitten hatte. Er las, die Gabel in der Hand haltend.

„Hättest du damit nicht bis nach dem Essen warten können?" fragte er, „musstest du mir unbedingt das Essen verderben?"

„Iss nur", sagte sie. „Wir können nachher darüber sprechen."

Er schob den Teller weg. „Ich bin fertig", sagte er. Der Bursche kam, nahm die beiden Teller und schenkte die Wodkagläser voll.

Iwan ergriff die Annonce und zerknüllte sie in der Hand. „Ist der Kerl verrückt geworden?" fragte er.

„Eigentlich war er immer so", sagte Katharina.

„Und du?" fragte er, „was fällt denn dir ein? Warum bist du Mohammedanerin geworden? Wozu dieser ganze Skandal?"

„Es steht doch da", sagte sie. „Wenn ich Mohammedanerin bin, ist meine Ehe automatisch geschieden."

„So", sagte er, „darum also dreht es sich? Konntest du das nicht auf andere Weise erreichen?"

„Sei doch nicht gleich wütend, es ging doch einfach nicht mehr!"

„Hast du ihn betrogen? Schliesslich, das mit dem Kind war doch vor der Heirat. Das war unsere ganz private Angelegenheit, nicht wahr? Das konnte nicht plötzlich der Grund sein, nach drei Jahren ...”

„Betrogen?” fragte sie.

„Ich meine doch nur”, sagte Iwan, „irgend etwas muss doch der Grund sein!”

„Der Grund war”, sagte sie, „dass ich alles nicht mehr aushielt. Die Lüge mit dem Kind nicht, und dass er mich nicht liebte und wie ein Besitzstück behandelte, und dass ich ihn, weiss Gott, nicht liebte ...”

„War das nicht von Anfang an so?”

„Ja, von Anfang an.”

„Gab es denn keinen anderen Weg?”

Sie schüttelte den Kopf. Sie hielt den Blick über ihn hinweg auf die Wand gerichtet, oder auf ein Bild an der Wand.

„Du brauchst es nicht zu verstehen”, sagte sie. „Bitte, bitte, denk doch nicht, dass ich dir einen Vorwurf machen will, dass ich dazu hergekommen bin!”

Wie ich sie liebe, durchfuhr es ihn plötzlich, wie, in aller Welt, konnte ich vergessen, dass ich sie liebe!

Katharina, als wüsste sie seine Gedanken, sagte: „Es wäre ein furchtbarer Unsinn gewesen, wenn wir geheiratet hätten, damals. Das Kind war doch schon da! Man musste doch an das Kind denken!”

„Und jetzt?” fragte er.

„Und dann – du bist doch nicht fähig, zu heiraten. Ich weiss, dass du es nicht ausgehalten hättest, Iwan!" Sie sprach ängstlich, wie um ihn zu überzeugen. „Du musst deine Freiheit haben, und ich ... ich musste irgendwie leben ..."

„Und jetzt?" fragte er.

Sie antwortete ihm nicht mehr. Er trank sein Glas aus.

„Und jetzt bist du also in Gottes Namen frei?" fragte er.

„Ja", sagte sie, „ich und der Kleine. Ich werde wieder anfangen, Stunden zu geben. Die Hauptsache ist, dass ich wieder frei bin."

„Die Hauptsache ist, dass ich dich wieder habe", sagte er. „Du bist immer eine mutige Frau gewesen, Katharina. Bitte mach dir nichts daraus. Mach dir nichts aus dieser läppischen Bekanntmachung!"

„Natürlich nicht."

„Er ist ein Rohling."

„Das Schlimmste war, dass er nie etwas gemerkt hat", sagte sie, das Haupt erhoben, „dass er nie gemerkt hat, dass ich einen anderen Mann liebte, und dass er eine Betrügerin neben sich hatte, und dass ich unglücklich war. Das war das Schlimmste – –"

„Du bist keine Betrügerin", sagte er. Er fühlte sich leicht betrunken und ungemein froh. „Hast du wirklich einen anderen Mann geliebt?" fragte er, sie anlächelnd. Sie wurde plötzlich rot.

„Du musst das verstehen", sagte sie, und nun sah sie ihn an, und er fühlte sich plötzlich nüchtern, und ihre Blicke blieben aneinander hängen. „Ich verachtete ihn, weil er nichts merkte. Ich konnte einfach nicht anders."

„Nein", sagte er, „wir konnten einfach nicht anders. Und jetzt gehe ich, und sage ihm Bescheid, und bringe dir den Kleinen." Er lächelte die ganze Zeit.

„Soll ich nicht lieber mitkommen?" fragte sie. Er erhob sich schnell, ihr Blick folgte ihm.

„Du hast doch keine Angst, hier allein zu warten?" sagte er, „ich werde schon mit ihm fertig. Und du brauchst dann erst gar nicht dorthin zurückzugehen."

Eine Frau allein

Sie kannte, als sie in der Hauptstadt ankam, niemand ausser einem jungen Sekretär der dänischen Gesandtschaft, den sie, wie es hiess, vor Jahren in Neu-Mexiko oder Arizona getroffen hatte. Über Neu-Mexiko hatte sie ein Buch geschrieben, das bei seinem Erscheinen in ihrer Heimat Dänemark viel Aufsehen erregt hatte und später auch ins Englische übersetzt worden war. Aber das lag mindestens drei Jahre zurück, und die Leute, die das Buch gelesen hatten oder dies behaupteten, sprachen abschätzig darüber: Es sei das Buch einer Abenteurerin, und es sei darin weniger von Neu-Mexiko die Rede als von geschmuggeltem Whisky, von der glatten, bartlosen Haut junger Indianer und vom Leben auf einer Ranch, wo sich die Leute an selbstgebranntem Alkohol und an der dünnen, trockenen Luft der Hochebene betranken, von Schulden lebten, und nachts in den Maisfeldern lagen und sich liebten. Anscheinend verdankte das Buch seinen Erfolg ein paar schlechten Kritiken, die darüber geschrieben wurden, sowie dem Umstand, dass tatsächlich ein junger Indianerhäuptling der Autorin bis nach New York nachgereist war und sich das Leben nahm, weil sie ihn nicht heiraten wollte. Sie kehrte dann zu ihrem Mann und ihren Kindern nach Dänemark zurück, und ihr Verleger, der den Erfolg des ersten Buches ausnützen wollte, versuchte vergeblich, sie zu einer neuen Reise zu überreden. Sie sass auf ihrem Gut, mitten in den Laubwäldern und fetten Weiden Dänemarks, und kümmerte sich um nichts als um ihre Pferde und Hunde und um ihre beiden Kinder.

Erst als sich herausstellte, dass ihr Mann in der Affäre Kreugher sein ganzes Vermögen eingebüsst hatte, und dass er, ein abgedankter Kavallerieoffizier, in keiner Weise fähig war, Geld zu verdienen, entschloss sie sich, den Vorschlag des Verlegers anzunehmen und nach Persien zu reisen. Sie wusste nichts von diesem Land, aber das erleichterte es ihr vielleicht, den Vertrag zu unterschreiben und ihr Gut und ihre Kinder zu verlassen.

Sie kam im September an. Für Persien war es keine schlechte Jahreszeit, aber in der Stadt war die Hitze noch gross, und die Fahrt durch die Wüste und von Bagdad bis ins Gebirge musste fürchterlich gewesen sein. Ich arbeitete damals auf der Ausgrabung in Abderabad, unser Expeditionshaus lag nur eine halbe Stunde von der Stadt entfernt in einem Granatapfel-Garten.

Natürlich drang das Gerücht von der Ankunft Katrin Hartmanns zu uns heraus, noch bevor die Baronin überhaupt eingetroffen war. Im Orient ist eine Frau, die ohne männliche Begleitung reist, immer noch eine Seltenheit, selbst wenn es sich nur um eine Sängerin oder um ein rumänisches Tanzmädchen handelt, das im „Pars" oder „Astoria" engagiert werden soll. Es war deshalb nicht erstaunlich, dass sich die ganze europäische Kolonie mit der Person Katrin Hartmanns beschäftigte. Eine Baronin? Eine Abenteurerin? Was wollte sie hier? Würde sie von der Gesandtschaft eingeladen werden?

Sie wohnte in der Stadt im Hotel Naderi, und besuchte niemand ausser ihrem dänischen Bekannten und einigen hochgestellten Persern, an die sie Empfehlungsbriefe vom persischen Konsul in Kopenhagen mitgebracht hatte.

Natürlich sprach man darüber, warum sie sich nicht zuerst an die Europäer gewandt habe, aber man nahm es ihr nicht übel. Sie war offenbar ein Original, eine interessante Persönlichkeit, man durfte sich Sensationen versprechen, ausserdem war sie schön, und, wie man wusste, eine ausgezeichnete Reiterin. Die Herren brannten darauf, ihr ihre turkmenischen und arabischen Pferde zur Verfügung zu stellen.

Ich traf die Baronin, am Tag nach ihrer Ankunft, auf der Terrasse des jungen Dänen, der draussen in Schimran einen schönen, kühlen Garten mit einem Bungalow und einem Schwimmbassin hatte. Sie tranken Whisky mit perlendem, eiskaltem Sodawasser und redeten von Neu-Mexiko. Zu mir sagte sie, dass sie sich für alles interessiere, auch für Ausgrabungen, aber ich merkte, dass sie davon noch nie etwas gehört hatte. Obwohl ich glaubte, dass es sie langweilen würde, lud ich sie doch ein, uns draussen in Abderabad zu besuchen. Sie hob den Kopf und sah mich unter dem weissen Rand ihres Hutes hervor an. Sie hatte dunkelblaue Augen, die einen kalten, fast schwarzen Glanz hatten und tief eingebettet unter der bleichen, stark gewölbten Stirn lagen. Das Gesicht war schön, gross, männlich, die Wangen eingefallen, Mund und Kinn kräftig, herausfordernd – ein Pferdegebiss, dachte ich –, einzig die Schatten um die Augen und die gespannten Schläfen gaben diesem Antlitz etwas schmerzlich Rührendes ...

Sie kam wenige Tage später zu uns heraus. Sie hatte sich nicht angemeldet, es war früh, vielleicht sieben Uhr, wir arbeiteten im „Museum" und hatten noch nicht gefrühstückt. Ich ordnete die Gegenstände, die am Abend vorher von der Grabung gekommen waren, und neben mir arbeitete George Gordon an ein paar parthischen Münzen unter dem Mikroskop. Ich sass mit dem Rücken zur Tür, die Tür war offen, und das Licht vom Fluss und von den hellen, lehmigen Uferbänken fiel in den Raum. Ich sah vor dem Fenster, durch das Moskitogitter, die weissen Stämme der jungen Ulmen, die wir um das Schwimmbassin gepflanzt hatten, dann kam die Russin Gelina vorbei, und ihr grosses, breit lächelndes Gesicht füllte den Fensterrahmen. Sie ging zur Küche hinüber, um den Koch zu überwachen, der das Frühstück machte. Ich nickte ihr zu. Dann war es, als rufe jemand meinen Namen, aber von der anderen Seite des Gartens her, wo niemand war. Man rief zum zweiten Mal, und George sagte: „Ich glaube, jemand ruft nach dir", und als ich mich umdrehte, sah ich durch die offene Tür Katrin Hartmann. Sie sass auf ihrem Pferd draussen im Fluss und rief, und das Pferd tänzelte unter ihr und schob die Hinterhand hin und her. Von der Furt her ritt ein Perser mit schwarzer, persischer Schirmmütze den Fluss herauf, er hatte Mühe, sein Pferd vorwärts zu bringen, das Wasser spritzte an seinen Beinen hoch, er klopfte dem Tier auf den Hals, um es zu beruhigen. Gordon und ich liefen hinaus, die beiden ritten ans Ufer, stiegen ab, und unser Diener Hassan kam barfuss herbeigelaufen und führte die Pferde in den Hof.

Ich erkannte den jungen Mann, den die Baronin mitgebracht hatte. Es war Ali Achmed, der jüngste Sohn der Karagöls, einer der grossen Familien Persiens. Sie waren Türken oder Kurden und hatten ihre Dörfer oben in Kurdistan, an der irakischen Grenze. Seitdem der alte Prinz an der Cholera gestorben war, beherrschte die Mutter die Familie; sie hatte sechs Söhne, von denen die beiden jüngsten in Lausanne erzogen worden waren. Von ihr selbst erzählte man, sie sei ein Nomadenmädchen und könne weder lesen noch schreiben. Es war eine Ehre, bei ihr eingeladen zu werden, sie empfing wenig Europäer und hatte ihren Söhnen verboten, Europäerinnen zu heiraten, weil es für beide Teile ein Unglück sei. Es hiess, Ali Achmed sei in Lausanne mit einer Schweizerin verlobt gewesen, aber seine Mutter zwang ihn, ein reiches persisches Mädchen zu heiraten, dessen Familie noch reicher und mächtiger war als die Karagöls. Kurz nach der Hochzeit starb der Vater der Braut, einige behaupteten, im Gefängnis, andere, durch Selbstmord, und sein Vermögen wurde eingezogen. Das Mädchen war erst sechzehn Jahre alt. Sie lebte seither im Hause ihrer Schwiegermutter, man sah sie selten, sie durfte keine Einladungen annehmen.

Gordon und ich hatten Ali Achmed bei einem Polomatch getroffen. Er galt als guter Spieler und hatte ausgezeichnete Pferde. In Abderabad war er noch nie gewesen. Wir bekamen übrigens wenig Besuch aus der Stadt. Aus der Nähe gesehen ist eine Ausgrabung enttäuschend.

„Ali Achmed hat darauf bestanden, mir Abderabad zu zeigen", sagte Katrin Hartmann, „er ist so stolz auf die Kunstschätze seines alten Persiens."

„Ich habe ihr gesagt, dass ich nichts davon verstehe", sagte Ali. Er ging mit George hinter uns her. Sie sprachen persisch. Wir gingen durch das Museum und sahen die Wandbretter mit den prähistorischen Gefässen an, und George holte die islamischen Goldmünzen hervor, die wir auf der Zitadelle gefunden hatten. Man konnte den Besuchern mit diesen Goldstücken am meisten imponieren, wir wussten es aus Erfahrung. Dann läutete die Kamelglocke, und wir gingen in den Garten und setzten uns an den Frühstückstisch unter den Ulmen.

Der Tisch stand mitten zwischen den abgesteckten Vierecken, in denen die Scherben sortiert wurden und die wir deshalb „Scherbenbeete" nannten. Ein paar persische Arbeiter hockten auf Strohmatten am Boden und wuschen die Tonscherben, die man am vorigen Tag von der Grabung gebracht hatte. Sie benützten leere Benzinkannen als Wassergefässe. Vor dem „Museum" lag ein Stapel solcher Benzinkannen, wir brauchten sie für alle möglichen Zwecke: um Garagentüren zu machen, Mauern auszubessern, um feinere Funde zu transportieren und als Sitzgelegenheiten. Kat sah über den Garten mit den Scherbenbeeten hinweg. „Was machen Sie mit diesen Trümmerhaufen?" fragte sie. Sie sass neben Gordon. Sie hatte ihre Jacke ausgezogen, darunter trug sie einen gelben Sweater mit Rollkragen, und man sah ihre breiten Schultern und ihren breiten, kräftigen Oberkörper. Sie sah wunderschön aus. „Warum machen Sie sich solche Mühe mit diesen Trümmern?" fragte sie.

„Wir kleben sie zusammen", antwortete Gordon, „wir üben unsere Geduld daran."

„Und dann?"

„Dann schicken wir sie in das Museum von Philadelphia."

Hassan kam über den Hof und brachte Tee, Eier und geröstetes persisches Brot. Kat hatte noch nie persisches Brot gegessen.

„Es sieht aus wie Knäckebrot", sagte sie. Sie liess die Butter darauf zergehen. „Und in tausend Jahren", fuhr sie fort und sah wieder in den Garten hinaus, „ist dieser Garten ein Ruinenhügel, und man wird Ihre Benzinkannen als Antiquitäten ausgraben. Es wird genauso nützlich sein wie die Arbeit, die Sie sich jetzt machen."

„Aber wenigstens brauchen wir uns dann nicht mehr darum zu kümmern", sagte Gordon.

Sie sah ihn mit einem schnellen Blick an. „Es langweilt Sie also?" fragte sie.

„Nein."

„Ach, geben Sie doch zu, dass es Sie langweilt!"

„Gut", sagte George, „manchmal langweilt es uns. Aber es ist unser Beruf."

Sie hob die Arme und verschränkte sie im Nakken. „Und es gibt so viel Lebendiges, worum man sich kümmern sollte! Die Welt ist so wunderbar lebendig!"

Ali Achmed sprach während des Frühstücks kein Wort. Er sass da und schien Gordon zuzuhören und hatte seinen ganzen Teller mit Trauben gefüllt, die er dann zu essen vergass. Er sah Katrin an, mit einem aufmerksamen, fast demütigen Blick.

„... so wunderbar lebendig!"

Er folgte, als sie die Arme hob, ihrer Bewegung, und seine Augen leuchteten auf.

Draussen im Hof sprang der Lastwagen an. Gordon zog die Uhr aus der Tasche. „Ich muss jetzt auf die Grabung hinaus", sagte er, und zu mir:

„Aber du kannst ja hierbleiben und die Baronin noch herumführen. Oder wollen Sie mit hinauskommen?"

Katrin sprang auf. „Nein", sagte sie, „wir müssen gehen. Wir treffen den Emir Hossen zu einem Picknick. Zu einem persischen Picknick in einem persischen Garten. Ich wollte Sie einladen mitzukommen."

Ali Achmed war schon in den Hof gegangen, um die Pferde zu holen.

„Wenn du mitgehen willst", sagte George zu mir, „ich habe leider keine Zeit. Ich muss Van draussen ablösen."

Ali Achmed brachte die Pferde. Er gab Hassan ein Bakschisch, nahm ihm die Zügel ab und führte die Pferde selbst durch den Hof und an das Flussufer hinunter.

Kat Hartmann sah mich an. „Ich schicke Ihnen den Wagen des Emirs", sagte sie.

Ich hatte grosse Lust, ein persisches Picknick mitzumachen. „Es ist furchtbar nett von Ihnen", sagte ich, „aber wir haben wirklich keine Zeit. Ich muss mit Gordon auf die Grabung hinaus, um Van abzulösen."

Sie ging schon mit grossen Schritten über den Hof. Sie sah sich gar nicht mehr um. „Wie Sie wollen", rief sie, „aber wie kann man so pedantisch sein! Wie kann man sein Leben zwischen Scherbenhaufen verbringen!"

Als Gordon und ich auf der Grabung unseren

Rundgang machten, sahen wir weit draussen auf dem flachen Feld die beiden Pferde von Kat und Ali Achmed, sie ritten Galopp und liessen eine kleine Staubwolke hinter sich zurück.

Ich traf Katrin Hartmann erst eine Woche später wieder, an einer Cocktail-Party bei Gaby Miles. Gaby Miles war mit George befreundet, sie interessierte sich für Archäologie und kam manchmal, gegen Abend, in ihrem eleganten Cabriolet nach Abderabad hinaus und sah sich die letzten Funde an. Sie sprach zehn Minuten lang über Lüstertechnik, Minai-Gefässe und prähistorische Dekorationen. In unserem düsteren, kalten Museum, wo auf jedem Arbeitstisch eine qualmende Petroleumlampe brannte, ging Gaby Miles in einem weissen, knappsitzenden Schneiderkleid umher, nahm sich Zigaretten aus unseren Zigarettenschachteln, die überall herumlagen – von Zorai im Bazar, Nummer 5 –, befahl Hassan, Wodka zu bringen, er strahlte, weil die englische „Khanum" persisch mit ihm sprach; dann füllte sie selbst die Gläser und trank, auf Vans Zeichentisch sitzend, mit uns. „Ich musste wieder einmal nach meinem Freund George sehen", sagte sie, dann fuhr sie weg und liess den zarten Duft ihres Parfums und den zarten Glanz ihres goldblonden, mädchenhaft gelockten Haares in unserem kalten Museum zurück. Gaby Miles interessierte sich auch für Pferde, besonders für Polopferde, und Ali Achmed galt als ihr Hausfreund. Sie gab jede Woche eine Cocktail-Party, gewöhnlich richtete sie es auf Donnerstag, aus Rücksicht auf ihren Freund George Gordon, denn freitags wurde in Abderabad nicht gearbeitet, und wir konnten es uns deshalb leisten, Donnerstag abends auszugehen ...

Die Europäer hielten darauf, bei Gaby Miles eingeladen zu werden. Man sagte nicht: „bei Mr. and Mrs. Miles", denn Mr. Miles, Handelsattaché bei der englischen Botschaft und leidenschaftlicher Forellenfischer, spielte neben seiner Frau eine geringe Rolle.

George und ich fuhren also am nächsten Donnerstag in die Stadt, in unserem alten Chevrolet, dessen Trittbretter abgerissen waren und dessen Verdeck wie ein Segel im Staub der Landstrasse flatterte. „Meinst du", fragte ich ihn unterwegs, „dass diese dänische Baronin da sein wird? Meinst du, dass sie bereits bei Gaby zugelassen ist?"

„Ich glaube, Gaby wird eifersüchtig auf sie sein. Sie hat Frauen nicht gern."

„Aber wenn die Hartmann eingeladen ist", antwortete ich, „dann hat sie auch die ganze Stadt schon erobert."

George sagte nichts. Ich wusste nicht, ob ihm Katrin Hartmann gefallen hatte.

Wir stellten den Chevrolet in die Reihe der eleganten Limousinen, die in der Allee vor Miles' Haus parkiert waren. Als wir das Wohnzimmer betraten, waren die meisten Gäste schon angekommen, sie standen in Gruppen zwischen den mit Chintz überzogenen Bombaystühlen; im Hintergrund des grossen Raums brannte ein Kaminfeuer. Gaby sass mit Ali Achmed an der Hausbar, sie trug ein weisses, kurzes, etwas zu sommerliches Kleid, das ihre dünnen Beine, ihre zu dünnen Armc und die kleinen, mageren Schultern frei liess und das schulmädchenhaft, beinahe rührend wirkte. Sie winkte uns, nahm zwei Gläser von der Bar, Ali Achmed, der Hausfreund, schenkte uns Whisky ein. „Habt ihr die Baronin Hartmann schon gesehen?" fragte Gaby, „ihr werdet sie gleich kennenlernen, sie hat mir versprochen, heute abend zu kommen."

„Sie war bei uns draussen, auf der Ausgrabung", sagte ich.

„Natürlich", sagte Gaby, „sie interessiert sich für alles, ich hätte mir denken können, dass sie euch schon ausfindig gemacht hat!" Sie neigte sich nach vorn, stützte sich auf Alis Schulter: „Und stellt euch vor, dass dieser Junge mir Vorwürfe macht, weil ich die Baronin eingeladen habe! Ganz Teheran spricht von ihr, und ich soll mir nicht erlauben dürfen, sie einzuladen!"

„Sie scheint eine sehr gescheite Frau zu sein", sagte George.

„Da hören Sie es", Gaby schüttelte den jungen Ali an der Schulter, „seien Sie doch kein Stockfisch, Ali, ich bitte Sie! Morgen kommt Kat zu mir, um mein neues Pferd zu malen, den neuen Turkmenen. Ihr solltet sie sehen, wenn sie malt! Sie streift die Ärmel hoch wie ein Bursche, stellt sich breitbeinig vor ihre Leinwand und malt, als ginge es ums Leben!"

In diesem Augenblick öffnete ein Diener die Tür, Katrin Hartmann trat ein. Sie trug den gelben Sweater mit Rollkragen, darüber eine braune Jakke, und hielt Hut und Handschuhe in der Hand. Sie sah aus, als sei sie gerade erst vom Pferd gesprungen, und schüttelte, als sie durch das Zimmer auf Gaby zuging, das kurze, braune, gelockte Haar aus der Stirn zurück. Alle Anwesenden hörten auf zu sprechen, traten zurück, um ihr Platz zu machen. „Lassen Sie sich nicht stören", rief Kat lachend, „ich habe mich beim Reiten verspätet. Es war wundervoll draussen!" Und in die plötzliche Stille, in das von Zigarettenrauch erfüllte Zimmer brachte sie den Geruch von Staub und Leder mit sich herein, und vom Wind des freien Feldes einen grossen Atemzug ...

Katrin Hartmann hatte ganz Teheran für sich gewonnen. Sie war mit Gaby Miles befreundet, malte ihr Turkmenenpferd, und trainierte es für die Springkonkurrenz am Schluss der Schnitzeljagden. Sie ritt Ali Achmeds bestes Polopferd und besuchte seine Mutter, das gefürchtete Haupt der Familie Karagöl, zum Tee. Der dicke Emir Hossen gab für sie ein persisches Essen, sein ständiger Diener und Begleiter, der kleine Spassmacher Aghbar, fuhr sie, wie ein Chauffeur, in seinem neuen Buickwagen umher, begleitete sie in den Bazar und zu den Antiquitätenhändlern. Sie ging mit Mr. Miles ins Gebirge, um Forellen zu fischen, mit Ali Achmed und seinen Brüdern auf deren Gütern in Kurdistan auf die Steinbockjagd. Sie hatte keine Zeit mehr, nach Abderabad zu kommen, aber sie schlug George und mir vor, in die Turkmenen-Steppe zu fahren, um dort die berühmten Pferderennen der Nomaden zu sehen. Leider hatten wir keine Zeit dazu; sie fuhr allein, mit einem armenischen Chauffeur. Als sie zurückkam, hatte in der Stadt die Wintersaison begonnen. Der dicke Emir gab ein altpersisches Fest, wo man herrliche alte Kostüme, persische Ringer und Tänzerinnen sah. Während des Essens – es gab nur persische Gerichte, Fasane, Reis mit Butter, Rosinen und Pistazien, Zucker und Melonen aus Isfahan – liess er seine Frau im Kostüm einer Tänzerin auftreten. Er hatte viele Frauen gehabt, diese war die jüngste, erst vierzehn Jahre alt, ein Nomadenkind, welches er in einem seiner Dörfer am Demawend gefunden hatte. Er hielt seine Frau sonst streng verborgen, heute zeigte er ihre Schönheit; sie nahm den weissen, mit Gold bestickten Schleier ab und tanzte in kleinen, grünen, goldbestickten Sandalen. Als Kat aufstand und sie vor allen Gästen an sich zog und küsste, schlug sie die Augen auf und betrachtete sie mit dem grossen, dunkel-feuchten Blick einer Gazelle.

Kat besuchte ein persisches Frauenbad, einige Tage später, im schwarzen Schleier und, in Begleitung des Spassmachers Aghbar, ein Bordell am Kasvin-Tor. Aghbar war ein Vetter der Karagöls, er hatte sein Vermögen verspielt und lebte, geduldet und unentbehrlich, im Hause des dicken Emirs. Er verkehrte viel bei Europäern, man erzählte, er stehe im Dienst der Fremdenpolizei. Die Perser, sonst zurückhaltend gegen Ausländer, vergötterten Katrin, luden sie in ihre Häuser ein, sie lernte ihre Frauen kennen, sah ihre Sammlungen alter Miniaturen, kostbarer Korane, ihre eingelegten Waffen und schweren Seidengewänder. Um in die heilige Moschee von Abdul-Azim eindringen zu können, verheiratete sich Kat für die Dauer von vierundzwanzig Stunden mit einem Bruder des Emirs, der im Hause des dicken Reichen ein ähnliches Schmarotzer-Dasein führte wie der Spassmacher Aghbar. Er war klein, Kat überragte ihn um Haupteslänge, sie trug den Tschador, den schwarzen Schleier, wie eine Rüstung über den breiten Schultern. Die Moschee wurde von wallfahrenden Frauen besucht, die unfruchtbar waren, auf weissen Eseln ritten sie auf der alten Karawanenstrasse bis zum Tor des Heiligtums, das von blauen Kacheln und goldenen Ornamenten schimmerte. Katrin betrat den Moscheenhof an der Seite ihres zitternden Gatten. Man starrte sie an – als sie zurückging, folgte ihr eine drohende Menge durch die enge Bazargasse des Dorfs, erst vor dem Automobil des Emirs wich sie zurück. Der Gatte wurde noch vor Ablauf der vierundzwanzig Stunden auf eines der Güter am Demawend geschickt.

Weil die persischen Damen selten ausgingen und noch seltener Gäste in ihren Häusern empfingen, gaben die Perser ihre Diners meistens in einem der Lokale der Stadt, im „Pars" oder „Astoria", die eine Mischung von Tanzlokal, Bar und Restaurant darstellten. Die Kapellen kamen aus Beirut oder, bestenfalls, aus Ägypten, die Besitzer waren Armenier und Levantiner, die Küche war schlecht. Whisky war das einzige geniessbare Getränk. Die Europäer besuchten diese Lokale manchmal am späteren Abend, nach dem Diner, wenn man keinen Gesprächsstoff mehr hatte und sich zu langweilen begann. Hausfrauen haben für solche Gefahrenmomente einen sicheren Instinkt; im richtigen Augenblick schlugen sie dann vor, dass man sich noch ein bisschen amüsieren sollte. Droschken wurden bestellt, und die ganze Gesellschaft siedelte in das Lokal um, das die beste Kapelle oder gerade neue Tänzerinnen aus Rumänien oder Ungarn zu bieten hatte.

Dies änderte sich während des Winters, den Katrin Hartmann in der Hauptstadt zubrachte. Sie war mit vielen Persern befreundet, der Emir Hossen lud als erster mit ihr zusammen ein paar Europäer zum Essen ins „Pars" ein, zuerst nur Junggesellen, den dänischen Gesandtschaftssekretär, den englischen Arzt; Kat selbst veranlasste, dass Aghbar George Gordon, Van und mich überraschenderweise in Abderabad abholte. Dann tat Gaby Miles den ersten Schritt und gab ein „Supper" im

„Astoria". Das Essen begann um zehn Uhr und dauerte zwei Stunden, weil die Bedienung schlecht war. Man tanzte zwischen den Gängen. Um drei Uhr gelang es George und mir, Aghbar zu überreden, uns nach Hause zu fahren. Wir gingen auf die Strasse hinaus, ein rot uniformierter Negerjunge brachte Aghbars Mantel nach.

„So geht das jetzt jede Nacht", sagte Aghbar, „es ist ein lustiges Leben, seitdem die Baronin da ist!"

Er setzte sich ans Steuer, wir fuhren die breite, leere Hauptstrasse zum Bazar hinunter.

„Ich wundere mich bloss, dass sie es aushält!" sagte ich.

Aghbar bog in die Bazarstrasse ein. Er fuhr schnell. Er war leicht betrunken. „Dass sie es aushält?" fragte er, „eure Baronin? Sie kann zehn Gäule zuschanden reiten und zehn Männer ums Leben bringen, ohne auch nur Atem zu schöpfen!"

George, der hinten im Wagen sass, rief: „Fahren Sie langsamer! Halten Sie am Stadttor, wir müssen unsere Papiere zeigen!"

„Am Stadttor", schrie Aghbar zurück, „ich dachte, Sie wollten vielleicht auch ein Bordell am Stadttor besuchen, wie die Baronin!"

George antwortete nicht. Aghbar rief den Wachsoldaten am Tor etwas zu und fuhr in die Ebene hinaus.

„Ja", sagte ich, „sie hat sich allerhand geleistet, sie ist mutig, sie kann es sich leisten, die ganze Stadt ist ja verrückt nach ihr! Vielleicht einfach, weil sie so schön ist ...", fügte ich hinzu und vergass, wer neben mir sass.

Aghbar brach plötzlich in schallendes Gelächter aus. „Schön!" schrie er, und liess, vor Lachen geschüttelt, das Steuer los und schlug sich mit den Fäusten auf die Brust, „schön nennt ihr das? Das ist nicht schön, das ist ein halber Mann, ein Pferd ist das!"

„Passen Sie doch auf!" schrie George von hinten.

Wir kamen um halb vier Uhr nach Abderabad. Um halb sechs Uhr mussten George und ich mit dem Lastwagen auf die Grabung hinaus. Wir beschlossen, keine Einladungen mehr anzunehmen.

Vierzehn Tage lang führten wir durch, was wir beschlossen hatten. Wir schrieben Gaby Miles, dass wir am nächsten Donnerstag nicht zur Cocktail-Party kommen könnten, weil wir jetzt abends den Katalog aufarbeiten müssten. Wir dankten dem Emir für seine Einladung und gingen einfach nicht hin. Wir gaben Aghbar einen Wodka, als er mit dem Wagen kam, um uns abzuholen, und führten ihn durch den Garten zu allen Scherbenbeeten, bis er genug davon hatte und in die Stadt zurückfuhr. Wir standen um fünf Uhr auf und arbeiteten den ganzen Tag, und abends sassen wir mit Van auf der Treppe vor dem Museum und sprachen darüber, was wir machen würden, wenn die Saison zu Ende war. Vielleicht würden wir über Kurdistan fahren, und nachher meine Freunde in Syrien besuchen. George wollte auch nach Konstantinopel, er war dort früher Lehrer an der Amerikanischen Schule gewesen. Aber vielleicht war es besser, direkt nach Hause zu reisen. Wir redeten davon, als seien wir viele Jahre nicht mehr zu Hause gewesen. Um neun Uhr holten wir die Taschenlampen im Museum und gingen schlafen. So machten wir es vierzehn Tage lang. Wir luden Katrin Hartmann ein, Donnerstag abend zu uns herauszukommen. Wir wollten ein Mondschein-Picknick auf der Ausgrabung veranstalten. Sie schickte uns ein paar Flaschen Wodka und kam nicht.

Am nächsten Nachmittag fuhr ich mit George in die Stadt. Wir mussten im Bazar Gemüse, Fett und Melonen besorgen. Nachher ging George zu den Antiquitätenhändlern, und ich fuhr mit dem Wagen ins Hotel Naderi. Ich sah Ali Achmeds Wagen vor der Tür stehen. Ich wartete im Salon, es war ein kalter, düsterer Raum, leer bis auf ein paar schmale, mit grünem Samt überzogene Bänke, welche die Wände entlang aufgestellt waren. Über einem Spiegel hing eine Photographie des jungen Thronfolgers in weisser Uniform.

Nachdem ich eine Weile gewartet hatte, hörte ich draussen einen Wagen anspringen, und Katrin kam herein. „Ich dachte, es sei Gaby Miles", sagte sie, „ich wollte nicht, dass sie Ali Achmed hier antrifft, sonst hätte ich Sie nicht warten lassen." Ihr Gesicht war gerötet, als habe sie Fieber. „Ich bin gerade mit ihm vom Reiten zurückgekommen", fuhr sie fort, „wir wollen etwas Heisses trinken. Vielleicht einen Grog." Sie liess sich auf eine der schmalen Bänke fallen, sie sah müde, nervös und fiebrig aus. „Ich friere immer so nach dem Reiten", sagte sie.

„Die können hier keinen Grog machen", sagte ich.

„Abdul kann es", sagte sie, „ich habe jetzt einen eigenen Diener, Ali Achmed hat ihn mir besorgt." Sie klatschte in die Hände, ein schlecht gekleideter, junger Bursche trat ein. Offenbar hatte er vor der Tür gewartet. „Abdullah", sagte Kat, „bring heissen Wein mit Zucker, hast du verstanden?"

Er ging.

„Soll ich ihm eine weisse Livree machen lassen?" fragte Kat, „haben eure Diener in Abderabad weisse Livreen?"

„Nein", sagte ich, „sie sind barfuss und schmutzig. Man gewöhnt sich daran."

„Es lohnt sich auch nicht", sagte Kat, „für die kurze Zeit."

Abdullah kam zurück. Er brachte einen Krug mit dampfendem Wein, und, unter den Arm geklemmt, ein Bündel Zeitungen und Briefe. „Die Post", sagte er. Es waren schwedische Zeitungen, und die Briefe hatten dänische Marken.

„Ich mag sie gar nicht mehr lesen", sagte Kat, „ich will bald nach Hause fahren. Freust du dich, wenn du Post von zu Hause bekommst?" Sie duzte mich zum ersten Mal, aber ich wusste, dass Skandinavier, besonders junge Leute, es mit dem „du" nicht besonders genau nehmen.

„Nein", sagte ich, „ich freue mich nicht. Es ist meistens unangenehm. Man bekommt Heimweh davon."

Kat nahm die Briefe in die Hand. „Dieser ist von meiner Mutter", sagte sie, „und dieser hier vom Verlag. Ach, ich will gar nicht wissen, was er schreibt, es ist doch immer das gleiche."

„Wann müssen Sie Ihr Manuskript abliefern?" fragte ich.

Sie schenkte den heissen Wein in die Gläser. „Ich will es gar nicht wissen", sagte sie, „ich weiss nur, dass ich an Weihnachten wieder in Dänemark sein werde."

„Aber Sie waren ja noch gar nicht im Süden! Sie haben ja noch nicht einmal Persepolis gesehen!"

„Ich will es nicht sehen", sagte Kat, „der Verlag zahlt mir nur drei Monate Aufenthalt, die sind ohnehin schon fast abgelaufen."

„Sie müssen nach Süden fahren", sagte ich, „gehen Sie ins Gebirge, zu den Nomadenstämmen, zu den Bakhtiari und Kaschgai, wenn Sie schon Persepolis nicht sehen wollen. Hier verlieren Sie nur Ihre Zeit."

„Ja", sagte sie, „ja, ich verliere nur meine Zeit. Ich will nach Hause fahren. Ich will meine Kinder wiedersehen."

„Aber das Buch", sagte ich, „Sie können doch nicht ein Buch über den Stadtklatsch von Teheran schreiben!"

Katrin begann zu lachen. „Ich kann überhaupt nicht schreiben", sagte sie, „aber wenn du willst, kann ich auch zu den Nomaden fahren. Auch nach Persepolis. Sag deinem Freund George, dass ich euch einlade, mit mir nach Süden zu reisen."

„Wir haben ja keine Zeit."

„Ihr habt nie Zeit, etwas Vernünftiges zu tun!"

„Ausserdem ist es jetzt auch zu spät. Jetzt beginnt die Regenzeit, dann schneit es, und die Strassen haben keine Brücken. Im Winter kann man hier nicht reisen, du musst bis März warten."

„Bis März", sagte Kat, „aber wovon soll ich hier leben?" Sie schenkte sich wieder ein.

„Ich muss gehen", sagte ich, „George wartet auf mich."

„Kommt ihr heute abend ins 'Astoria'?"

„Es geht nicht, wir müssen morgen arbeiten."

„Bitte", sagte sie, „bitte, kommt mit mir ins 'Astoria'! Du musst George dazu überreden. Gaby wird dort sein. Der Emir und Aghbar werden dort sein. Alle werden kommen."

„Dann brauchst du doch uns nicht!"

„Ich bitte dich", sagte Kat.

George und ich sassen im „Astoria". Um neun Uhr kam Gaby Miles. Sie setzte sich mit uns an die Bar. Sie trug ein schwarzes Abendkleid, das den Rükken frei liess und nur durch zwei breite Bänder über den Schultern gehalten wurde. Sie war weiss und zart und mager, ihr Haar glänzte und schmiegte sich mit runden, zarten Locken in ihren kindlichen Nacken. „Wenn doch Kat endlich käme", sagte sie.

Ich sagte: „Sie wird schon kommen. Sie hat uns hierher bestellt."

„Solange sie nicht da ist, wartet alles auf sie", sagte Gaby, „man kann ohne sie einfach nicht mehr auskommen."

Um zehn Uhr waren eine Menge Leute da. Emir Hossen und sein Spassmacher, Ali Achmed, mehrere junge Engländer von der Ölkompanie, der englische Arzt, sogar der neue dänische Gesandte mit seiner Gattin. Man wartete auf die Baronin Hartmann. Mr. Miles spielte Bridge mit dem Emir und zwei Belgiern. Um halb elf Uhr kam Ali Achmed an die Bar, er küsste Gaby die Hand.

„Vielleicht sollten wir ins 'Naderi' fahren", sagte er zu mir, „vielleicht hat sie es einfach vergessen."

Wir gingen die Treppe zur Garderobe hinauf, als Kat ankam. Wir sahen sie auf der Strasse den Droschkenkutscher bezahlen und über den Hof laufen. Der Negerjunge lief neben ihr her und hielt einen Schirm über sie. Sie trug ein Abendkleid aus schwarzem Samt, den Mantel hatte sie wie ein Offizierscape über eine Schulter gehängt, an der anderen, nackten, weiss schimmernden Schulter trug sie rote Federn, die wie ein Strauss von Feuerlilien aussahen. Sie war sehr bleich, ihr Gesicht und ihr breiter Hals schimmerten über dem Rot der Federn.

„Wir wollten dich abholen", sagte ich.

Ali Achmed stand da, auf dem feuchten Pflaster des Hofs, den Mantel über dem Arm, und starrte sie an.

„Danke", sagte sie, „es ist nichts. Ich habe eine schlechte Nachricht bekommen." Sie ging vor uns her, die Treppe hinunter.

Während des Essens sass sie zwischen dem dikken Emir und dem neuen dänischen Gesandten, und George und ich sassen am anderen Ende des Tisches. Gaby schickte mir eine Karte hinüber: „Was ist mit Katrin?" Ich antwortete nicht. Man begann, zwischen den Gängen der Mahlzeit, zu tanzen. Kat tanzte mit Ali Achmed, und sie redeten kein Wort miteinander. Beim nächsten Tanz forderte er sie wieder auf, dann tanzte er einmal mit Gaby Miles, und dann nur noch mit Kat. Sie hielt den Kopf zurückgeworfen und sah aus, als habe sie geweint. Sie waren beide gleich gross, aber Kat war breiter und kräftiger als er, und ihr Kopf sah neben seinem schmalen, dunklen Gesicht mit dem schwarzen, gekräuselten Haar wie das Haupt eines Erzengels aus.

Nach dem Essen sass Aghbar mit George und mir am abgeräumten Tisch und erzählte Witze. Ich wäre gern nach Hause gefahren, aber oben am Tisch sass Kat und hatte den Arm um den fetten Hals des Emirs gelegt, und es war beunruhigend, sie lachen zu hören. Ali Achmed stand in höflicher Haltung neben ihrem Stuhl und unterhielt sich mit

Gaby Miles. Dann drehte er sich plötzlich nach Kat um, und Gaby sprang auf und legte ihr den Arm um die Schulter. Kat sass ganz ruhig, den Kopf nach hinten geworfen, und weinte. Sie schob Gabys Arm weg und weinte unbeweglich, mit erhobenem Gesicht.

„Man muss sie nach Hause bringen", sagte ich.

Wir standen auf, und George ging auf sie zu und sagte laut: „Nehmen Sie sich doch zusammen, Kat! Hören Sie doch auf, vor diesen Leuten zu weinen!"

Sie schloss die Augen und presste die Lippen aufeinander, aber ihr Gesicht war von Tränen überströmt, und unter den geschlossenen Lidern drangen immer mehr Tränen hervor.

„Lasst Sie in Ruhe", sagte Gaby Miles, sie stellte sich vor Ali Achmed, als müsse sie Katrin vor ihm schützen.

Neben mir sagte einer der Belgier: „Was für eine widerliche Komödie!" Ich kannte ihn nicht.

„Sie hat eine schlechte Nachricht bekommen", sagte ich, „sie hat einfach die Nerven verloren."

„Nerven!" sagte der Belgier, „glauben Sie doch nicht, dass Frauen dieser Sorte Nerven haben!"

„Hören Sie schon auf!" sagte ich wütend. Ich sah mich nach dem dänischen Gesandten um. Er war mit seiner Frau weggegangen. Gaby Miles, ihr Mann, George und Ali Achmed bildeten einen Kreis um Katrin. Sie stand auf. Miles, der am meisten getrunken hatte, schien auf einmal ganz nüchtern.

„Also jetzt sind wir so weit", sagte er, „jetzt bringen wir Sie nach Hause!"

„Ach, lasst mich in Ruhe!" sagte Kat, mit einer vom Weinen rauhen Stimme. George folgte ihr die Treppe hinauf.

Ich wartete auf der Strasse im Regen, bis er mit dem Wagen zurückkam. „Was hatte sie nur?" fragte ich ihn.

„Komm", sagte Georg und öffnete den Wagenschlag, „komm, wir wollen nach Hause fahren. Ich glaube, sie hat endlich einmal die Nerven verloren!" Und viel später fügte er hinzu: „Im Auto war sie zuerst ganz ruhig. Dann sagte sie plötzlich: 'Ich habe es satt', und fing wieder an zu weinen, wie ich nie einen erwachsenen Menschen habe weinen hören."

Ich fragte George am nächsten Vormittag, ob er während der Mittagspause mit mir in die Stadt fahren würde.

„Wenn es sein muss, natürlich", sagte er, „was willst du denn in der Stadt?"

„Ich habe das Gefühl, man sollte sich um Katrin kümmern."

„Das Gefühl werden genug andere Leute haben."

„Wenn es dir nichts ausmacht, möchte ich doch lieber fahren."

„Schön", sagte George, „dann werde ich den Direktor um den Wagen bitten."

Wir fanden Katrin im Bett. Sie trug ihren Rollsweater und einen wollenen Schlafrock und hatte sich mit einer schwarzen Decke aus Ziegenhaar und mit ihrem Mantel zugedeckt. Trotzdem fror sie, ihre Lippen waren aufgesprungen und blau vor Kälte.

„Es ist gut, dass ihr kommt!" sagte sie. „Ihr müsst mir helfen. Ich muss sofort abreisen."

„Ich glaube, Sie brauchen einen Arzt", sagte George.

Sie richtete sich ein wenig auf, ihre Zähne schlugen aufeinander. „Versteht ihr mich", sagte sie, „ich will keinen Arzt. Ich will abreisen."

„Sie können in diesem Zustand nicht reisen. In einer Stunde werden Sie das schönste Fieber haben."

„Aber ich muss nach Hause!" schrie sie.

George und ich sahen uns an. Wir schwiegen beide. Kat liess sich auf das Kissen zurückfallen, ihr Gesicht rötete sich plötzlich, das Fieber begann. George drehte sich leise um und ging zur Tür. „Hören Sie", sagte Kat, sie schrie nicht mehr, ihre Stimme klang heiser und angestrengt, „holen Sie bitte keinen Arzt, George. Es hilft ja nichts, ich muss nach Hause reisen, meine Mutter hat mir geschrieben, dass mein Kind krank ist. Es ist fünf Jahre alt. Es wird sterben."

„Kat", sagte ich, „wenn es so gefährlich wäre, würde man dir doch telegraphieren!"

Sie sah mich an, ihre Augen wurden weit vor Angst. „Ich habe heute morgen ein Telegramm bekommen", sagte sie.

Wir konnten beobachten, wie das Fieber stieg. Katrin sprach die ganze Zeit, der Schüttelfrost hörte auf, sie lag ganz still und hielt die Augen weit geöffnet und redete. „Meine Mutter hält mich für eine Abenteurerin", sagte sie, „sie glaubt mir nicht, dass ich weggegangen bin, weil wir Geld brauchen. Sie hat nie Geld gebraucht. Sie hat nie ihren Mann verlassen. Sie hält mich für eine schlechte Frau. Wenn ich nur Zeit hätte, nach Hause zu reisen! Ach, wenn ich nur Zeit hätte", klagte sie, „aber mein Vertrag läuft ab, und der Verlag hat mir geschrieben, dass er mir kein Geld mehr schicken kann, bis ich das Buch abgeliefert habe, und ich habe noch keine Zeile geschrieben!" Sie schrie uns an: „Ich werde keine Zeile über dieses Land schreiben, ich hasse dieses Land, ich hasse meine Mutter, oh, ich hasse euch, ich hasse euch!"

Endlich kam George mit dem englischen Arzt zurück. Katrin hatte vierzig Grad Fieber, ihre Zunge war geschwollen. Der Arzt stellte eine schwere Angina fest. Als George mit ihm hinausgegangen war, um mit dem Englischen Krankenhaus zu telefonieren, fasste Katrin meine Hand, zog mich zu sich herab und flüsterte: „Du musst bitte zu den Karagöls fahren", sie stockte einen Augenblick, liess mich los und fuhr mit klarer Stimme fort: „Sag Ali Achmed, dass man mich in das Englische Krankenhaus gebracht hat."

Man behielt das Telegramm mit der Nachricht

vom Tode ihrer kleinen Tochter zurück, bis Katrin die schwersten Fieberanfälle überstanden hatte. Vierzehn Tage lang durfte man sie nicht besuchen, auch nachher, der Ansteckung wegen, nur auf eigene Gefahr. Katrin hatte eine Blutvergiftung, geschwollene Füsse, ihr linkes Armgelenk entzündete sich, der Arzt sagte, dass das Gelenk wahrscheinlich steif bleiben würde.

Als es ihr endlich besser ging, begann sie, Persisch zu lernen. Ali Achmed las mit ihr Firdusis „Schahname", sein Wagen stand den ganzen Tag vor dem Krankenhaus. Sonst bekam sie wenig Besuch. Vierzehn Tage sind, während der Saison, eine lange Zeit, nachher hatte man Katrin Hartmann vergessen. Nur Gaby Miles erschien manchmal, zusammen mit Ali Achmed, im Krankenhaus, mit Blumen, englischen Zigaretten und englischen Romanen. Aber Katrin war mit ihren persischen Wörterbüchern beschäftigt.

Einmal, als ich abends neben ihrem Bett sass, fragte sie mich: „Wirst du eigentlich diesen George heiraten?"

„Wie kommst du darauf!" sagte ich lachend.

„Dann ist es schon gut", sagte Kat, „ich hatte Angst, dass du ihn heiraten würdest, er ist doch ein besonders netter Junge."

„Ja", sagte ich, „er ist nett, er ist mein bester Freund."

„Aber er hängt an diesem Land. Ich möchte nicht, dass du in diesem Land bleibst", antwortete Kat.

Sie verliess das Krankenhaus nach sechs Wochen. Während dieser ganzen Zeit hatte sie nie etwas über ihre Pläne gesagt, nie von ihrer Abreise geredet. George und ich fuhren, wie gewöhnlich, Donnerstag abends in die Stadt und liessen Katrin unseren Besuch anmelden. Ihre Nurse, eine junge Armenierin, kam die Treppe hinuntergelaufen. Sie lächelte George an. „Die Baronin ist nicht mehr bei uns", sagte sie, „sie ist vor zwei Tagen mit dem Prinzen Karagöl abgereist."

Ihre Mutter hat also recht gehabt: Katrin ist eine Abenteurerin. Sie ist nach Persien gekommen, um über dieses grossartige und merkwürdige Land ein Buch zu schreiben, und wenn sie sich auf ungewöhnliche und zuweilen abwegige Unternehmungen einliess, verzieh man es ihr, denn sie tat es, um Material für dieses Buch zu sammeln. Überhaupt verzieh man ihr alles, man war geneigt, ihren Mut zu bewundern, im Sturm gewann sie die ganze Hauptstadt. Männer und Frauen, Europäer und Perser waren geradezu in sie verliebt. Aber sie war undankbar, wie nur Abenteurer es sein können, und ihr Buch ist nie erschienen. Später behauptete man, sie habe überhaupt nie eine Zeile geschrieben, ja, selbst der Tod ihres Kindes, diese ergreifende Begebenheit, sei nur erfunden gewesen, wohl aber habe der Verlag Katrin grosse Summen ausgezahlt, denn wovon hätte sie sonst den Winter über gelebt, wovon die hohen Rechnungen des Englischen Krankenhauses bezahlen können? Dänemark war weit, der dänische Gesandte war zurückhaltend, wenn das Gespräch auf die Baronin Hartmann kam. Und Katrin war weggereist, mit ihrem Liebhaber, den sie dazu verführt hatte, seine junge Frau zu verlassen. Sie konnte nicht hören, was über sie gesprochen wurde, sie konnte ihren Freunden nicht antworten, sich gegen ihre einstigen Freunde nicht verteidigen. Vielleicht fuhr sie nicht nach Dänemark zurück, weil sie für ihr Buch noch nicht genügend Material hatte, vielleicht fürchtete sie sich, nach Hause zurückzukehren und ihre kleine Tochter nicht mehr wiederzufinden. Vielleicht hatte sie ein angefangenes Manuskript im Koffer, das sie dann eines Abends verbrannte, weil es ihr nicht gut genug vorkam – oder vielleicht verzweifelte sie einfach. Denn in den grossen Hochländern werden Leute, die an ihre traumverwehte Grösse nicht gewöhnt sind, manchmal von Verzweiflung ergriffen, von einer namenlosen Trostlosigkeit ... Ja, vielleicht hätte man Katrin nicht allein lassen sollen!

George und ich redeten im Lauf des Winters oft von Katrin, aber sie hatte uns vergessen, nie bekamen wir eine Nachricht von ihr, nie erinnerte sie sich daran, dass sie mit uns hatte nach Persepolis fahren und von der königlichen Terrasse mit uns zusammen in die ewigen Ebenen hinabschauen wollen.

Sie war monatelang verschollen.

Im März, als der Frühling ausbrach und der schmelzende Schnee vom Tauschalgebirge die Bäche füllte, hörte man, dass Katrin mit Ali Achmed im Süden sei, in den Bergen der Bakhtiari, der Nomadenstämme, Gast in ihren Zelten aus Ziegenfilz. Aber Ali Achmed kehrte eines Tages in die Hauptstadt zurück. Er stellte sich ein bei Gabys Cocktail-Parties, er ritt wieder seine Polopferde, er hatte einen neuen, eleganten, hellgrünen Wagen. Von seiner Frau hatte er sich scheiden lassen, es hiess, er würde in den diplomatischen Dienst treten und nach Europa gehen.

Niemand fragte ihn nach Katrin. Trotzdem verbreitete sich das Gerücht, sie sei, schwer krank, nach Teheran gekommen und wohne im Hause von Ali Achmeds Mutter. Sie meldete sich bei keinem ihrer alten Freunde. Niemand hatte sie gesehen. Sie versteckte sich wie ein krankes Tier – oder aus Hochmut? Schämte sie sich ihres Liebhabers? Des jungen, eleganten, dunkelhaarigen Ali Achmeds, der seine Rolle als Gabys Hausfreund so unbefangen wieder angetreten hatte? Liebte Katrin ihn so sehr?

„Man soll sie doch um Gottes willen in Ruhe lassen!" sagte George zu mir.

„Aber sie ist krank", sagte ich, „wahrscheinlich hat sie einfach kein Geld mehr. Wahrscheinlich möchte sie nach Hause."

„Wahrscheinlich", sagte George, „aber wie soll man sich um sie kümmern? Sie will uns ja nicht sehen. Sie hat uns vergessen."

Ali Achmed ist seit einigen Monaten in Rom,

man prophezeit ihm eine glänzende Karriere. Durch den Spassmacher Aghbar haben wir erfahren, dass Katrin ihr Visum verlängern liess und in die Bakhtiari-Berge zurückkehren wollte, zu den Nomadenhäuptlingen, zu den wilden Pferden, zu den Ziegenfilz-Zelten. Aghbar ist allerdings nicht zuverlässig, aber ich kann mir denken, dass Katrin sich an das Leben dort draussen gewöhnt hat. Sie wird kein Buch über den Klatsch der Hauptstadt schreiben. Vielleicht wird sie Dänemark, seine fetten Weiden und Laubwälder nie wiedersehen. Sie ist, trotz allem, eine grossartige Frau. Aber George meint, man hätte sie nicht allein lassen dürfen ...

Annemarie Schwarzenbach in den frühen dreissiger Jahren.
(Roger Perret/Münchner Stadtmuseum)

Nachwort

„Wichtige Dinge äussern sich manchmal in flüchtigen und nicht sehr eindrucksvollen Formen."
Juri Tynianov

I.

Im Mai 1934 kehrte Annemarie Schwarzenbach von ihrer Reise durch Vorderasien in die Schweiz zurück. Sieben Monate lang war sie durch die Türkei, durch Syrien, den Libanon, Palästina, Irak und Persien gereist. Gleich nach ihrer Rückkehr arbeitete sie ihre Tagebuchnotizen über diese Reise zu einem Buch – „Winter in Vorderasien. Tagebuch einer Reise" – aus. Es erschien im Herbst 1934 im Verlag Rascher in Zürich.

Während oder kurz nach der Niederschrift des Reisebuches entstanden die ersten Erzählungen, die thematisch und vor allem örtlich eng mit „Winter in Vorderasien" zusammenhängen. Am 4. Juli 1934 konnte Annemarie Schwarzenbach Klaus Mann schon über ihre Arbeit an den neuen Texten berichten: „Ich schreibe hier (...) emsig wie eine Biene. Doch bin ich fast ängstlich, es gehe zu leicht von der Hand. Es werden kurze Geschichten, die sich aber, da Personen und das Expeditionshaus alles verbinden, fast zu einem Roman lockerer Art zusammenreimen." Und an den Verleger Max Rascher schrieb sie: „Ich schreibe hier mit einigem Fleiss, ebensolcher Konzentration und sehr viel Mut an meinem neuen Buch – " (1.7.1934) Im August schickte sie bereits ein erstes Teilmanuskript der Geschichten an den Verlag Rascher. Schon vorher muss sie Erika Mann einige dieser Texte überlassen haben, hatte diese sich doch darüber „ungemein befriedigend geäussert", wie Annemarie Schwarzenbach Rascher am 25. Juli 1934 mitteilte. Im August reiste Annemarie Schwarzenbach mit Klaus Mann zum Schriftstellerkongress nach Moskau und danach allein nach Rey bei Teheran in Persien, wo sie neben der Ausgrabungsarbeit Material für weitere Geschichten sammelte. Dort müssen aber auch neue Texte – „ein paar traurige Stückchen" (an Klaus Mann, 4.11.1934) – entstanden sein. Dass für sie diese „Stückchen" einen Fortschritt in ihrer schriftstellerischen Arbeit bedeuteten, zeigt eine Äusserung in ihrem Brief an Rascher vom 19. Oktober 1934: „Die Novellen (...) sind ja *viel* besser als das ganze ‚Vorderasiatische'." Nach ihrer Rückkehr im Dezember 1934 verlangte sie einige ihrer Erzählungen von Klaus Mann zurück, der sie inzwischen auch gelesen hatte. Ihr Wunsch an ihn, „eine der Novellen" in seiner Zeitschrift „Die Sammlung" zu drucken, wurde nicht erfüllt. Vielleicht weil sich Klaus Mann nicht vorwerfen lassen wollte, dass er Beiträge einer Freundin deshalb publiziere, weil sie die Zeitschrift finanziell unterstützte?

Trotz der Depressionen im Zusammenhang mit dem „Pfeffermühle-Skandal" im Dezember und ihres Selbstmordversuchs im Januar 1935 arbeitete Annemarie Schwarzenbach schon im Februar wieder an den Erzählungen. Rascher konnte sie mitteilen, dass „die Novellen (...) noch keinen vollständigen Band bilden. (...) Es sollen noch einige Novellen dazu kommen, die, wie die ersten, auf Ausgrabungen u. in orientalischen Städten spielen. Es wird ein Buch von etwa 250–300 Seiten werden." (6.3.1935) Sie wünschte sich die Veröffentlichung ihrer Geschichten im Herbst 1935. Auch Klaus Mann hatte in seiner Besprechung von „Winter in Vorderasien" im Februar angemerkt, dass die „Novellen-Folge ... bald erscheinen" werde. Im April begab sich Annemarie Schwarzenbach wieder nach Persien, wo sie sich im Mai mit dem französischen Diplomaten Claude Clarac verheiratete. Aus Teheran teilte sie Klaus Mann mit: „Ich bin immer fleissig und schicke das

Manuskript bald." (12.6.1935) Im Juli schickte sie das fertige Manuskript „Der Falkenkäfig", das achtzehn Erzählungen umfasste, an den mit ihr befreundeten Verleger Fritz Landshoff vom Querido-Verlag in Amsterdam. Auf eine Publikation ihres Manuskriptes hoffend, „dem ich so viel Liebe zugewandt habe" (an Klaus Mann, 8.7.1935), bat sie Klaus Mann (er plante, ebenfalls nach Persien zu kommen), er solle „ev. schon die ersten Fahnen bringen", damit sie „gemeinsam das Nötigste korrigieren" (13.8.1935) könnten.

Rascher teilte sie kurz darauf mit: Landshoff „schrieb mir sehr positiv, u. ist bereit, es (das Manuskript. Anm. R.P.) im Frühjahr bei Querido erscheinen zu lassen. Doch sagte ich ihm, dass Sie die ersten Rechte darauf haben und es jedenfalls prüfen sollen. (...) Sie wissen, welche Bedenken einem Erscheinen eines Schweizer Autors bei Querido entgegen stehen." (17.8.1935) Mehr als 50 Jahre später konnte sich Fritz Landshoff nicht mehr „an die Verhandlung mit Annemarie über das Erscheinen ihrer Novellen bei uns" erinnern und wusste „nichts von Bedenken, die der Querido gegenüber dem Erscheinen eines Schweizer Autors gehabt haben soll" (Landshoff an Roger Perret, 11.12.1987). Da Landshoffs „persönliches Archiv und das des Querido-Verlages beim Einmarsch der Nazis in Holland verbrannt" (Landshoff an Roger Perret, 24.1.1986) und fast alle Briefe Annemarie Schwarzenbachs von ihrer Mutter zerstört worden sind, fehlen jegliche Dokumente zur Klärung dieser Publikationssache. Ob das Angebot von Querido vielleicht nur ein Wunschtraum von Annemarie Schwarzenbach gewesen ist, geht auch aus der Stellungnahme von Max Rascher zum Manuskript „Der Falkenkäfig", das er inzwischen vom Querido-Verlag erhalten hatte, nicht genau hervor: „Sie werden begreifen, dass wir (...) Ihren neuen Novellenband ‚Der Falkenkäfig', von dem uns einige ganz ausserordentlich gefallen, nicht auf unser Risiko herausbringen können. Die Absatzverhältnisse sind, wie Sie wissen, gegenwärtig nicht die besten, und ein Absatz in Deutschland ist heute auch ausserordentlich schwierig. Wie Sie uns schreiben, hat sich der Querido-Verlag bereit erklärt, den Band auf sein Risiko herauszubringen." (an Annemarie Schwarzenbach, 16.10.1935) Der Band erschien schlussendlich weder im Rascher- noch im Querido-Verlag.

Annemarie Schwarzenbach gab jedoch die Hoffnung auf eine Publikation ihres Manuskriptes noch nicht auf. Durch die Vermittlung von Klaus Mann und Stefan Zweig gelangte sie 1936 an Zweigs Verleger, den Herbert Reichner Verlag in Wien. Aber auch hier ergaben sich Schwierigkeiten: „Reichner hat zwar nicht total ablehnend, aber doch – für mein Gefühl – etwas enttäuschend reagiert. Er ist ‚im Prinzip' bereit, die orientalischen Erzählungen zu bringen. Aber seine Bedingungen sind nicht schön. Von den finanziellen Bedingungen rede ich dabei kaum. (...) Noch grössere Sorgen machen uns die Wünsche Reichners, Änderungen im Manuskript betreffend. Das Buch – lyrisch getönte Novellen mit viel Landschaft – ist völlig unpolitisch. Jedoch – wie es scheint – für Reichner immer noch nicht unpolitisch genug. Er fürchtet, mit irgendwelchen Kleinigkeiten im Dritten Reich anzustossen und verlangt zahlreiche Korrekturen – die er obendrein selber vornehmen möchte –, zu denen sich die Autorin (‚freie Schweizerin') nicht entschliessen will. (...) Wirklich Anstoss erregen könnte höchstens eine einzige kleine Erzählung, die in Palästina spielt und das Judenproblem berührt; an ihr – und nur an ihr – wäre die Autorin bereit, ein paar Änderungen vorzunehmen." (Klaus Mann an Stefan Zweig, 15.6.1936) Im Sommer 1936 teilte Zweig diesbezüglich Klaus Mann mit: „Soviel ich eben beim Ankommen erfahre, hat Reichner Frau S. vorgeschlagen, sie möge die Änderungen vornehmen und er sei nur im Notfall bereit, es selbst zu tun." Die Veröffentlichung scheiterte auch hier.

Als Thomas Mann im Sommer des gleichen Jahres Annemarie Schwarzenbach in Sils besuchte, las sie ihm und Mitgliedern der Familie Mann „zwei persisch-syrische Novellen-Studien" (Thomas Mann, Tagebuch, 27.7.1936) vor. Zwei Tage später, am 29. Juli 1936, vermerkte Mann im Tagebuch: „... eine Reihe Briefe diktiert, u.a. an Bermann wegen Anne-Marie." In diesem verschollenen Brief hatte sich Thomas Mann vermutlich bei Gottfried Bermann-Fischer nach einer Publikationsmöglichkeit in dessen Bermann-Fischer-Verlag in Wien erkundigt.

Weitere Publikationsversuche Annemarie Schwarzenbachs sind nicht bekannt. Das Manuskript „Der Falkenkäfig" wurde jedenfalls zu Lebzeiten der Autorin nicht veröffentlicht.

Ende August 1936 begann ein neues Kapitel im Leben Annemarie Schwarzenbachs. Sie hielt sich mehrere Monate lang in den USA auf, wo sie sich als politische Journalistin und Berichterstatterin für verschiedene Schweizer Zeitungen betätigte. Diese Aufgabe und die damit verbundenen neuen Erfahrungen nahmen ihr wohl die Lust, nach ihrer Rückkehr nochmals auf Verlagssuche zu gehen.

Die Publikation des Bandes „Der Falkenkäfig" scheiterte nicht unbedingt aus qualitativen Gründen, wie die positive Beurteilung des Rascher-Verlags in seinem Brief vom 16. Oktober 1935 an die Autorin deutlich zeigt. Es waren in erster Linie politische und wirtschaftliche Gründe, welche die Verleger Rascher und Reichner davon abhielten, den Novellenband herauszugeben. Die damaligen Probleme der Verlage Rascher, Querido und Reichner und einige der Erklärungen für ihre vorsichtige Haltung sind eine nähere Untersuchung wert.

In der ersten Hälfte der dreissiger Jahre wurde die Schweiz von der grössten Wirtschaftskrise dieses Jahrhunderts betroffen. Diese Krise beeinflusste natürlich auch das Verlagsgeschäft nachhaltig. Dazu kam 1933 die Machtergreifung der Nazis in Deutschland, welche den Buchverkauf in diesem wichtigsten Absatzgebiet auch für Schweizer Verlage in Zukunft stark erschwerten. Wie Martin Dahinden in „Das Schweizerbuch im Zeitalter von Nationalsozialismus und Geistiger Landesverteidigung" (Bern 1987) schildert, wollte das Deutsche Reich 1935/36 den Absatz deutscher Bücher „im Ausland mittels beträchtlicher Exportsubventionen fördern" (Dahinden), was eine Verbilligung und Flut von deutschen Büchern bedeutet hätte. Dieses sogenannte Bücherdumping wurde von den Schweizer Buchhändlern und Verlegern als politischer Druckversuch und Bedrohung ihrer wirtschaftlichen Existenz empfunden. Während es in Ländern wie Österreich und der Tschechoslowakei schlussendlich eingeführt wurde, wehrte sich der Schweizerische Buchhändlerverein erfolgreich gegen das Vorhaben der Nazis. Hauptkonsequenz dieser Auseinandersetzung war „der Aufbau einer nationalen Buchproduktion in der Schweiz und die verstärkte Propagierung schweizerischer Bücher" (Dahinden).

Ohne diesen politisch-wirtschaftlichen Hintergrund sind das Verhalten und die Argumentation des Rascher-Verlags betreffend die schwierigen Absatzverhältnisse in der Schweiz und in Deutschland nicht nachvollziehbar. Verunsichert war Rascher zusätzlich durch die Beschlagnahmung eines seiner Bücher in Deutschland im Herbst 1935. Ein weiteres Problem lag darin, dass ein Novellenband im allgemeinen schwer verkäuflich war. Bei den Texten von Annemarie Schwarzenbach kam noch hinzu, dass sie thematisch und örtlich fast keinen Bezug zur Schweiz hatten und dass die Internationalität ihrer Protagonisten den Zugang eines grösseren Leserkreises in der Schweiz – gerade angesichts der aufkommenden „Geistigen Landesverteidigung" – eher erschwert hätte. Dies und die Tatsache, dass der Rascher-Verlag das Buch „Winter in Vorderasien" sehr schlecht verkauft hatte (von 2000 Exemplaren wurden zwischen 1934 und 1940 ganze 350 Bücher abgesetzt!), führten dazu, dass er, wie bei „Winter in Vorder-

Annemarie Schwarzenbach in der Türkei, 1933.
(Schweiz. Landesbibliothek, Bern)

asien", nur mit einer Kostenbeteiligung der Autorin die Veröffentlichung der Novellen gewagt hätte. Das Publikations-Versprechen des Querido-Verlags und ein gewisser Berufsstolz als Schriftstellerin liessen Annemarie Schwarzenbach dieses Angebot ausschlagen. Ihr war wohl klar, dass die Situation und die Erklärungen des Rascher-Verlags für die meisten Verlage in der Schweiz ebenfalls galten, so dass sie dort keine weiteren – wenigstens keine nachweisbaren – Publikationsversuche unternahm.

Das belletristische Programm des Querido-Verlags in Amsterdam wies so renommierte Autoren wie Lion Feuchtwanger, Alfred Döblin, Arnold Zweig, Bruno und Leonhard Frank, Vicki Baum sowie Heinrich und Klaus Mann auf. Es verwundert deshalb, dass sich dieser Verlag für das Werk einer international unbekannten Schweizer Autorin interessierte und dazu noch für einen Novellenband. Ausser dem Erstlingswerk von Konrad Merz hatte nämlich Querido fast keine Bücher von „namenlosen" Autoren publiziert. Und auch „Novellenbände wurden wegen schwacher Verkaufsaussichten ungern gedruckt". (Hugo Fetting/Klaus Hermsdorf, „Exil in den Niederlanden und in Spanien", Leipzig 1981) Selbst von einem Novellenband des bekannten Schriftstellers Arnold Zweig wurden nicht mehr als 2000 Exemplare verkauft! Die Absatzschwierigkeiten der Exilverlage in Holland und anderswo waren enorm, weil ja der grösste Leserkreis – in Deutschland – praktisch wegfiel. Das Buch von Annemarie Schwarzenbach wäre wegen ihres Namens wohl nur in der Schweiz auf Interesse gestossen. Die allfälligen Bedenken des Querido-Verlags gegenüber dem „Erscheinen eines Schweizer Autors" könnte man vielleicht so interpretieren, dass dieser im Prinzip die Chance hatte, in einem Schweizer Verlag zu publizieren, während ein emigrierter deutscher Schriftsteller stark auf die Publikationsmöglichkeit in einem Exilverlag angewiesen war.

Das Publikationsangebot von Querido an Annemarie Schwarzenbach ist sicher teilweise ein Freundschaftsdienst von Fritz Landshoff und Klaus Mann gewesen. Angesichts des wenig bekannten Namens der Autorin und der schwierigen Marktlage hätte eine Veröffentlichung des Bandes wohl keiner Seite gedient.

Der Reichner-Verlag stand politisch und wirtschaftlich unter stärkerem Druck, als Klaus Mann dies in seinem Brief an Stefan Zweig vom 15. Juni 1936 vermutete. „Der Herbert Reichner Verlag galt in Nazi-Deutschland als ‚Judenverlag', vor allem, als er neuer Verleger Stefan Zweigs wurde." (Murray G. Hall, „Österreichische Verlagsgeschichte 1918–1938", Band I/II, Wien 1985) Bei Reichner erschienen ausserdem Bücher von Autoren wie Katherine Mansfield und Elias Canetti. Der Verleger Herbert Reichner war in jenem Sommer 1936 um so mehr verunsichert, als im März des gleichen Jahres die Bücher von Stefan Zweig im Hauptvertriebsort Leipzig von den Nazis beschlagnahmt worden waren. Sie wurden erst Anfang Juli 1936 wieder freigegeben, Ende Juli jedoch erneut beschlagnahmt (Freigabe der Bücher im Oktober 1936). Diese Massnahmen erschütterten die wirtschaftliche Grundlage dieses Verlags ebenso wie das Verbot in Deutschland im Sommer 1936 von zwei weiteren Büchern aus seinem Verlagsprogramm – einer Biographie über den Dirigenten Bruno Walter und einer Biographie von Bruno Walter über Gustav Mahler, die vom Inhalt her unpolitischer als Annemarie Schwarzenbachs Novellen waren. Die Vorsicht und Ängstlichkeit von Reichner erstaunt deshalb nicht. Klaus Mann untertreibt, wenn er Annemarie Schwarzenbachs Erzählungen als „völlig unpolitisch" bezeichnet. Ausser der von ihm erwähnten Geschichte „Das gelobte Land" enthielten auch Texte wie „Verklärtes Europa", „Drei Tage Morgendämmerung" und „Sehr viel Geduld ..." Anspielungen auf den deutschen und italienischen Faschismus. Und über den Inhalt und die allfällige politische Brisanz der sechs verschollenen Erzählungen kann nur spekuliert werden.

Reichner war sehr auf den Verkauf seiner Bücher in Deutschland angewiesen, „da 70–75% des gesamten österreichischen Bücherabsatzes erfahrungsgemäss auf das Deutsche Reich entfielen“ (Murray G. Hall). Angesichts der geschilderten Schwierigkeiten im Jahre 1936 ist Reichners Haltung gegenüber Annemarie Schwarzenbachs Manuskript verständlich. Als er 1938 am Tage des Überfalls der Nazis auf Österreich in die Schweiz flüchtete, hörten die Probleme für ihn auch dort nicht auf. 1939 wurde das Niederlassungsgesuch des Reichner-Verlags von den Schweizer Behörden abgelehnt. „Bundesrat Motta wandte sich in dieser Angelegenheit persönlich an seinen Amtskollegen Etter und bezeichnete die Emigrantenliteratur als ‚schädlich und unerwünscht‘, worauf Etter der Fremdenpolizei am 26. Februar mitteilte, dass ‚kein kulturelles Interesse‘ an Reichner bestehe.“ (Martin Dahinden) Reichner musste deshalb 1939 in die USA emigrieren …

Verleger und Autoren litten also damals gleichermassen unter den schwierigen politischen und wirtschaftlichen Verhältnissen. Die Leidensgeschichte von Annemarie Schwarzenbachs Leben setzte sich in gewisser Weise fort in der Editionsgeschichte ihres Buches. Abgesehen von der ungünstigen Absatzlage in der Schweiz, in Holland und Österreich und von der generell problematischen Verkäuflichkeit eines Novellenbandes könnte man bezüglich der Edition von Annemarie Schwarzenbachs Buch folgenden, etwas vereinfachten Schluss ziehen: in der Schweiz waren die Erzählungen zu „unschweizerisch“ und vielleicht auch zu modern; in Österreich zu politisch und zu wenig „deutsch“; in Holland waren die Autorin zu unbekannt und das Buch zu wenig „emigrantenhaft“.

II.

Auf seine negative Kritik an ihrem 1933 erschienenen Buch „Lyrische Novelle" antwortete Annemarie Schwarzenbach dem Literaturprofessor Charles Clerc: „Ich glaube, dass man jetzt schwerer schreiben wird, die Zeit ist zu schwer, als dass man es noch wagen würde, oder auch nur Spass daran hätte, sich leichtfertig zu äussern. So hoffe ich auch, dass meine nächste Arbeit abgerückter und unpersönlicher, aber auch kräftiger und sicherer die Abseitsstehenden vertreten wird." (15.6.1933)

Die nächste – veröffentlichte – Arbeit war das Reisebuch „Winter in Vorderasien". In der Tat präsentiert es sich „abgerückter und unpersönlicher" als das frühere Werk, ohne jedoch die „Abseitsstehenden" explizit zu vertreten. Die in der „Lyrischen Novelle" dominierende Gefühlswelt der Autorin ist im Reisebuch weitgehend ausgeklammert. Dafür tritt in ihm die in der Novelle fehlende gesellschaftliche Komponente stärker hervor. Diese Veränderung der Schreibweise im Reisebuch führte Annemarie Schwarzenbach selbst auf die unbefriedigende öffentliche Resonanz der Novelle zurück: „Sie bemerken durchaus richtig, dass ‚gewisse Hemmungen' vorliegen (...) das ist das Resultat meiner ‚Lyrischen Novelle', die zu bekenntnishaft ausgefallen war, was besonders das Schweizer Publikum mir übel nahm. Nun hatte ich die Absicht, etwas Unanfechtbares zu schreiben – was zu persönlich werden wollte, liess ich weg oder unterdrückte es einfach." (an Verlag Rascher, 7.7.1934) Der Verleger Max Rascher, der die „Lyrische Novelle" sehr schätzte, hatte diese Aussage durch einen Brief an Annemarie Schwarzenbach provoziert: „Ich finde auch, dass Ihr Reisebuch sehr unpersönlich geschrieben ist, auch habe ich das Gefühl, dass irgendwelche Hemmungen vorliegen, so dass Sie nicht immer schreiben, was Sie schreiben möchten." (6.7.1934)

In den neuen Erzählungen, von denen einige vom Erfahrungspotential in „Winter in Vorderasien" zehren, versuchte Annemarie Schwarzenbach, die subjektive Schreibweise der „Lyrischen Novelle" mit der objektiven des Reisebuches zu verbinden. Dessen „gelassener Ton" (Klaus Mann) sollte die übergrosse Empfindlichkeit und Melancholie ein wenig dämpfen. Neuland betrat Annemarie Schwarzenbach in den Erzählungen insofern, als sie nun die persönliche Problematik ihrer Protagonisten mit der politisch-sozialen verknüpfte (in mehr als der Hälfte der Geschichten). Die Texte sollten den Erfordernissen der Zeit einigermassen genügen und nicht wie früher ihre Wirkung in einem geschichtslosen Raum verpuffen. Die (Schreib-)Erfahrung als Journalistin durch die Vorderasien-Reise wandte Annemarie Schwarzenbach gezielt auf ihre Geschichten an: Sie sollten die genauen Wahrnehmungen und die Objektivität von journalistischen Arbeiten haben, wenn auch methodisch und sprachlich literarisiert. Die Authentizität rückte in den Vordergrund.

Das bedeutete: Die Phantasie, die Fiktionalisierung durften das konkrete Faktum, das Selbst-Erlebte und Beobachtete nicht zu einem unglaubwürdigen Ereignis aufbauschen. Das Erfundene musste so wirklichkeitsgetreu wiedergegeben werden, dass es wie wahr wirkte. Der Reise- und Arbeitsalltag sollte, trotz der Exotik der Schauplätze und einzelner Gestalten, in den Texten immer durchschimmern. Auch wenn das auf Kosten der Dramatik und Spannung ging. Auf die Schwierigkeit der Aufnahme solcher Texte anspielend, fragte Annemarie Schwarzenbach Klaus Mann in einem Brief: „Die kleinen Geschichten sind alle harmlos, so richtig packend und erschütternd wird nichts vorkommen, nicht einmal eine Liebesgeschichte – kann man das den Lesern bieten? (...) Ja, ob das genügt?" (4.7.1934) Sie gab sich im gleichen Brief selbst die Antwort: „Nun, da ich es Dir schreibe, meine ich: ja, und weshalb nicht?"

Die veränderte Schreibweise definierte auch die Rolle der Autorin neu: Sie sollte in den Texten stets spürbar sein, nicht im Sinne einer Selbst-Bespiegelung oder als Beichtende, vielmehr als Erzählende, Vermittelnde und Berichterstatterin. Dies kann fast bis zur Auslöschung des Autorinnen-Ich führen, wenn sich Annemarie Schwarzenbach mit einer verfolgten Minderheit wie in „Die Mission" oder mit einem sozialreligiösen Aussenseiter – in „Der Auswanderer" – rückhaltlos solidarisiert.

Die Sachlichkeit, das Unspektakuläre waren um so schwieriger zu erreichen, als die Erzählungen in einem von Legenden und Mythen geradezu wimmelnden geographischen Raum spielen: im Orient. Eine wesentliche Qualität der Texte besteht darin, dass sie den Orient *nicht,* wie sonst mehrheitlich in der abendländischen Literatur üblich, als Märchen- und Abenteuerwelt gestalten. Die Einheimischen, angeblich malerisch und „verschleiert", von der Aura von Tausendundeiner Nacht umgeben, figurieren denn auch in den Texten zumeist als Staffage. Im Mittelpunkt stehen junge Europäer und Amerikaner, die ihre Heimat aus Abenteuerlust oder aus Unbehagen gegenüber den politischen Zuständen verlassen haben und in einigen Geschichten einander auf archäologischen Ausgrabungsstätten in Syrien und Persien begegnen. Oder es sind Leute, die schon längere Zeit im Orient leben und sich dort erfolgreich oder weniger erfolgreich eingerichtet haben. Manche Figuren fühlen sich wie „meuternde Soldaten" (Annemarie Schwarzenbach), gegen die Fremde in und um sich aufbegehrend. Doch dem Sog der mitunter beängstigenden fremden Welt entkommen sie meistens nicht: Sie unternehmen zwar Fluchtversuche, bleiben aber letzten Endes doch durch eine unbegreifliche Liebe an sie gekettet.

Die Politik in Europa ist fern und gleichzeitig mitten im Orient, zum Beispiel in Form von Flüchtlingen aus Nazi-Deutschland oder von Arbeitskräften aus dem faschistischen

Italien. Ob in Palästina, Persien oder in Syrien – die europaflüchtigen jungen Leute werden mit der „dunklen" Seite ihres Kontinentes konfrontiert. Deshalb verklären sie in „Verklärtes Europa" das Leben in der Heimat zur (Ferien-)Idylle, weil sie wissen, dass die so sehnsüchtig beschworene Kultur Europas am Untergehen ist. Ihr alter Glanz strahlt nur noch aus der Distanz, in einem abgelegenen Winkel Syriens. Doch bis dorthin dringt die „Judenfrage", die einen die schönste Musik in Salzburg nicht oder vielleicht nie mehr richtig geniessen lässt. So gross und lang ist der Schatten der Nazis, dass sich ihm sogar eine harmlose Liebesgeschichte wie in „Das gelobte Land" nicht entziehen kann. Die unglückliche Liebe eines Schiffsoffiziers zu einer knabenhaften jungen Frau wird kontrastiert durch jüdische Emigranten, die nach Palästina auswandern oder schon dort leben. Diese kommen aus dem „Waste Land" (T.S. Eliot) ins „gelobte Land"; der Schiffsoffizier geht den umgekehrten Weg. Die Protagonistin „Billy", mit burschikosem Charme, behauptet sich zwischen diesen beiden Welten, ungewöhnlich selbstbewusst und resistent gegen das Leiden des anderen wie selten in einem Text von Annemarie Schwarzenbach.

Die Schreibweise dieser Erzählungen ist ohne den Einfluss von Hemingway undenkbar. Annemarie Schwarzenbach lernte seine Bücher vermutlich durch Klaus Mann kennen, der bereits 1930 einen Aufsatz über Hemingway veröffentlicht hatte. Alle damals ins Deutsche übersetzten Bücher des amerikanischen Autors waren der Schweizerin bekannt: die beiden Romane „Fiesta" und „In einem anderen Land" sowie die Kurzgeschichtenbände „Männer" und „In unserer Zeit". Auf ihrer Reise nach Spanien mit der Fotografin Marianne Breslauer im Jahr 1933 besuchte sie auch Pamplona und San Sebastián – zwei Schauplätze in „Fiesta". Noch 1939 betitelte Annemarie Schwarzenbach einen Artikel über Persien mit „In einem anderen Land".

Annemarie Schwarzenbach in Bagdad, 1934.
(Schweiz. Landesbibliothek, Bern)

Klaus Mann glaubte, schon in der „Lyrischen Novelle" die Wirkung einer Auseinandersetzung mit Hemingway zu erkennen. Erst in den vorliegenden Geschichten wird diese jedoch wirklich manifest. So sind in überzeugenden Texten wie „Bei diesem Regen", „Verklärtes Europa", „Vans Verlobung" oder „Das gelobte Land" einige wichtige Merkmale von Hemingways Darstellungskunst – lakonische Sprache, knappe Dialoge, präzise Bilder, konkrete Fakten – teilweise oder ganz enthalten. Die „kostbare Trockenheit" (Alfred Polgar) der Texte des Amerikaners lässt sich auch bei den besten Erzählungen der Schweizerin konstatieren, untrennbar jedoch mit der unverwechselbaren Sprachmelodie und „Welt-Anschauung" der Autorin verbunden.

In der Erzählung „Bei diesem Regen" zeigt sich Hemingways Einfluss auf die Figurengestaltung und Ambience so stark wie sonst nirgends. Wie in einigen Geschichten des Amerikaners gibt der Held – ein französischer Offizier – nicht auf, auch wenn sein Unternehmen sinnlos und er verloren ist. Aber: „Der Mensch ist unbesiegbar. Er kann zwar vernichtet, aber nicht besiegt werden." (Hemingway) Und wie im Roman „In einem anderen Land" kontrapunktiert die allgegenwärtige „Regen-Welt" (Annemarie Schwarzenbach) die Handlung und greift zugleich schicksalhaft in sie ein. Als der Regen aufhört, ist kurz darauf auch das Leben des Helden beendet.

Hemingway ist auf eine verborgenere Weise auch in „Der Auswanderer" präsent. In dieser Erzählung ist die Fiktionalisierung fast nicht wahrnehmbar. Sie liest sich wie ein Tatsachenbericht, gründet auch auf einer Tagebuchpassage in „Winter in Vorderasien", die Annemarie Schwarzenbach nur leicht, aber entscheidend verändert. Dies geschieht durch das Hinzufügen von Handlungsteilen, vor allem Dialogen, und von einem fast vollkommenen Schluss, in dem sich das ganze Geschehen kristallisiert: „Die Wagen dritter Klasse waren nicht erleuchtet. Wir suchten die dunkle Fensterreihe ab, ohne den Jungen zu sehen." Der junge Auswanderer, der an einen Ort geschickt werden soll, wohin er nicht will und wo er nicht bleiben kann, ist für die anderen unsichtbar, weil er sich in einem unzugänglichen Niemandsland befindet. Dessen Dunkelheit verschluckt ihn buchstäblich. Die Heimatlosigkeit des Auswanderers, des Menschen überhaupt, erhält durch die beiden letzten Sätze der Erzählung einen plastischen, unvergesslichen Ausdruck, um so mehr, als sie auch auf die beiden Mitreisenden ihren Schatten wirft, die ebenfalls unterwegs in einem fremden Land sind. Annemarie Schwarzenbach setzte in diesem Schluss eine Beobachtung um, die sie in ihrem Artikel „Filmregie und Filmmanuskript" (1932) geäussert hatte. Dort hatte sie über die dem Film vergleichbare Technik Hemingways geschrieben: „Er schreibt nicht etwa: ‚Der Mann war sehr enttäuscht', sondern er beschreibt das Verhalten des Mannes, also etwa: ‚Er stand auf und ging zum Zimmer hinaus.'" Klaus Manns Feststellung geht in die gleiche Richtung: „Die Gefühle verschweigt er meistens, um die Tatsachen zu geben, auch die geringfügigsten." („Ernest Hemingway", 1930)

Im übrigen sind die Erzählungen Annemarie Schwarzenbachs eine frühe Rezeption von Hemingways Schreibmethode, die in der deutschsprachigen Literatur erst nach dem Zweiten Weltkrieg richtig einsetzte. Dies erklärt – teilweise – auch einige ihrer Schwächen. Die atemberaubende Dichte in den Geschichten des amerikanischen Vorbildes erreichen sie nur selten. Ihre eigentliche Bedeutung besteht denn auch im Wagnis und Versuch, eine – zumindest für schweizerische Verhältnisse – neuartige Erzählweise zu entwickeln, die auch die politisch-sozialen Gegebenheiten berücksichtigt. Daraus resultieren manchmal Texte, die eine Mischung aus journalistischer und poetischer Schreibweise sind. Dies kann zu seltsamen Zwitterformen führen, einer Art von „journalistischen Erzählungen".

Madame d'Andurin, die „Madame d'Elbros" in der Erzählung „Beni Zainab".
Palmyra/Syrien, 1935. Photo: Annemarie Schwarzenbach.
(Schweiz. Landesbibliothek, Bern)

Annemarie Schwarzenbach und Maud von Rosen, die „Katrin Hartmann“ in der Erzählung „Eine Frau allein“. Persien, 1934.

(Schweiz. Landesbibliothek, Bern)

In der Schweizer Literatur der dreissiger Jahre finden die Erzählungen Annemarie Schwarzenbachs wenig Vergleichbares, ausser vielleicht die Geschichten über die Fremdenlegion von Friedrich Glauser. Die autobiographische Komponente, eine einfache Sprache, die Internationalität der Schauplätze und Figuren sowie die Melancholie und Heimweh-Stimmung in der Fremde prägen die Texte beider Autoren.

Wenngleich in diesen Erzählungen meist Männer als Hauptfiguren auftreten und die Autorin ihr weibliches Ich mehr verbirgt als enthüllt, so stehen doch in mindestens zwei Texten ungewöhnliche Frauen im Mittelpunkt. Die schon in „Winter in Vorderasien“ feststellbare Suche nach Spuren von Frauen, die sich als Reisende, Schriftstellerinnen und/oder politisch Handelnde hervortaten, wird in den Erzählungen fortgesetzt. „Madame d'Elbros“ in „Beni Zainab“ und „Katrin Hartmann“ in „Eine Frau allein“ sind solche Frauen. Sie sind einerseits Spiegelbilder von Annemarie Schwarzenbach selbst, anderseits bieten sie sich durch die wirkliche Existenz ihrer Vorbilder auch als Identifikationsfiguren an. Annemarie Schwarzenbach kannte die Modelle für diese beiden Protagonistinnen – die Französin D'Andurin und die schwedische Gräfin Maud von Rosen – persönlich. Ihre Lebensweise, ihr Wagemut und ihre Schwierigkeiten gaben der Schweizerin das Selbstvertrauen, den steinigen Weg als eigenwillige Frau fortzusetzen. In der Gesellschaft solch starker Frauen war sie weniger allein, weil sie sich an der Einsamkeit der anderen aufrichten konnte.

Mit Maud von Rosen verkehrte Annemarie Schwarzenbach im Herbst/Winter 1934 in Teheran ziemlich oft. Über die Schwedin berichtete sie Klaus Mann: „die Gräfin Rosen, die, zwischen Maria (Daelen. Anm. R.P.) u. Greta Garbo die Mitte haltend, schön wie ein Erzengel die Gemüter verwirrt“ (4.11.1934). Interessant ist der Vergleich der filmreifen Erzählung „Eine Frau allein“ mit Rosens Buch über ihren Aufenthalt damals in Persien, „Persian Pilgrimage“ (1937). Dieses Buch bemüht sich um eine ziemlich objektive Schilderung der Kultur und Gesellschaft Persiens. Es gibt uns einen aufschlussreichen Hinweis auf die Verfahrensweise der Schriftstellerin Annemarie Schwarzenbach. Fast alle der in „Eine Frau allein“ beschriebenen Erlebnisse „Hartmanns“ wie ihre Freundschaft mit einem persischen Prinzen, ihr Besuch in einem Bordell und in einer Moschee, ihr Aufenthalt im Spital und die verschiedenen Reisen entsprechen der Wahrheit, wenn man Rosens Bericht Glauben schenken darf. Die Schweizerin und die Ausgrabungsstätte werden übrigens im Buch der Schwedin *nicht* erwähnt. Annemarie Schwarzenbach verändert in ihrem Text die Vorkommnisse leicht und dramatisiert sie vor allem, indem sie zum Beispiel den Tod des Kindes und die zeitweilige Verzweiflung von „Katrin Hartmann“ hinzufügt. Diese ist im Grunde ein Ausdruck von Annemarie Schwarzenbachs eigenen Konflikten in Persien.

„Eine Frau allein“ kann man auch als eine Geschichte des Klatsches lesen. Die Autorin beschreibt darin unter anderem den „Klatsch der Hauptstadt“, über den ihre Protagonistin „Hartmann“ kein Buch schreiben will und kann. Deren Persönlichkeit wird in der Erzählung öfter aus Berichten aus zweiter Hand, aus Klatsch und Gerüchten gebildet; der Tod des Kindes wird im Text selbst als mögliche Erfindung, das heisst dramatisierendes Element, thematisiert. So nimmt Annemarie Schwarzenbach den Klatsch und das Gerücht als Anlass, sie an die Seite der Fiktion zu stellen und diese Relation der Erzählung als Bestandteil einzugliedern.

Abschliessend sei noch von zwei weiteren Frauen – Gertrude Bell und Stella Benson – die Rede, welche für das Selbstverständnis Annemarie Schwarzenbachs als Schriftstellerin und Reisende eine gewisse Bedeutung haben. Beide werden in „Winter in Vorderasien“ erwähnt, das wie ein Steinbruch von Motiven für geschriebene und ungeschriebene Erzählungen ist. So enthält das Reisebuch die Keime für die Geschichten „Der Abschied" und „Der Auswanderer". Auch die verlorene Erzählung „In Eskischehir" könnte ihren Ursprung in einer Passage in „Winter in Vorderasien" gehabt haben, wo wieder ein Europäer – diesmal in der Türkei – eine schwierige Aufgabe in der Fremde zu bewältigen hat: „In Eskischehir waren die Fenster der Zuckerfabrik erleuchtet, und Rauch stieg feurig aus den Schloten. Arbeiter in Pelzen standen an der Böschung, dort, wo ein Getreide-Silo gebaut wird. Ein junger österreichischer Ingenieur beaufsichtigte den Bau (...) Der Ingenieur sah müde und abgezehrt aus. Er erzählte die ganze Zeit, ich weiss nicht mehr was (...) Ob sich das lohnt, dachte ich – was gehen ihn schliesslich die Getreide-Silos an und was Eskischehir?"

Auf die Spuren von Gertrude Bell (1868–1926) stiess Annemarie Schwarzenbach in Bagdad und durch die Reisebücher der berühmten Engländerin. Diese „durchquerte Arabien und machte eine für eine Frau einzigartige politische Karriere im Vorderen Orient – als Agentin des britischen Imperialismus". (Lydia Potts, „Aufbruch und Abenteuer. Frauen-Reisen um die Welt ab 1785", Berlin 1988) Die Schweizerin besuchte im Irak einige archäologisch bedeutsame Stätten, die mit dem Namen Gertrude Bell verknüpft sind. Vermutlich schon in Bagdad, wo die Engländerin gelebt hatte, verfasste Annemarie Schwarzenbach im Februar 1934 einen Aufsatz oder eine Geschichte über sie und sandte den Text an Klaus Mann für eine Veröffentlichung in der Zeitschrift „Die Sammlung". Aus etwas dunklen Gründen zog sie ihn wieder zurück, da „mein Stück über die männliche Miss Bell" dem deutschen Gesandten in Teheran – Wipert von Blücher –, mit dessen Gattin Annemarie Schwarzenbach verkehrte, „ganz einfach die Stellung kosten" würde (an Klaus Mann, Mai 1934). Der Text ist leider verschollen.

Was faszinierte Annemarie Schwarzenbach an Gertrude

Bell, die mit T.E. Lawrence („Lawrence of Arabia") bekannt war? War es deren Beschlagenheit in politischen und/oder deren Sachkenntnis in archäologischen Fragen? Wusste sie von der Vereinsamung der allein lebenden Bell, die im Selbstmord in Bagdad gipfelte? War diese nicht auch „Eine Frau allein", welche ihren Weg konsequent verfolgte? „Her life had crisis after crisis", schrieb einmal T.E. Lawrence über Gertrude Bell (H.V.F. Winstone, Gertrude Bell, London 1980).

Von Stella Benson (1892–1933) erfuhr Annemarie Schwarzenbach in Syrien aus der Zeitung: „DIED Stella Benson Anderson, 41, British novelist and voyageuse, of pneumonia, in Hongay, Tonking, French Indochina. A suffraget before the war, she aspired to ‚wit, learning, strangeness, loneliness', went around the world six times in tramp steamers (...) nearly starved in Japan, shot tigers in India (...) finished a novel (...) in Nanking during a Cantonese bombardment ..." („Winter in Vorderasien"). Einige Zeitungszeilen genügten also, um im Schicksal einer unbekannten Engländerin eine Verwandtschaft mit dem eigenen zu erkennen. Stella Benson lebte, mit einem englischen Beamten verheiratet, viele Jahre im Fernen Osten. „Schon die ersten Jahre in Südchina (1922–1925) brachten sie an den Rand der Verzweiflung. Die Isolierung von jeder echten menschlichen Gemeinschaft, der Zwang der Einordnung in eine von Beamtenhierarchie, Snobismus und Mediokrität beherrschte Kolonialgesellschaft lastete unerträglich auf ihr." (Siegfried Steinbeck, „Der Ausgesetzte Mensch. Zum Leben und Werk von Stella Benson", Winterthur 1959) Ihr Leben war „bestimmt von Krankheit und Zwiespalt, vom Zwang der Verhältnisse und von der verzweifelten Suche nach Anerkennung und nach Heimat im weitesten Sinn des Wortes" (Steinbeck). Virginia Woolf notierte über Benson: „a very fine, steady mind; much suffering; suppressed ... A dreary island she lived on, talking to colonels". Die Äusserung von Benson: „I wasn't born to be a wife to anyone, but to be a writer", könnte auch von Annemarie Schwarzenbach stammen.

Die tapfere Haltung der Stella Benson an unwirtlichen Orten stiess bei der Schweizerin auf Bewunderung: „Ich glaube, dass die Angelsachsen mehr Abenteuer ertragen, ohne Schaden an Leib und Seele zu nehmen, als wir Schweizer." („Winter in Vorderasien") Deren Streben nach „wit, learning, strangeness, loneliness" stellte Annemarie Schwarzenbach ihre „Flucht ins Unerreichbare" zur Seite, „die uns zwingt, Unbequemlichkeit und Einsamkeit auf uns zu nehmen und das gewohnte Leben willkürlich an einer Stelle abzubrechen, ohne dafür einen vernünftigen Grund angeben zu können" („Winter in Vorderasien").

Ob durch die „Flucht ins Unerreichbare" von Annemarie Schwarzenbach oder die halb freiwillige Verbannung von Bell und Benson nach Bagdad und China: Alle drei Frauen mussten einigen Schaden an Leib und Seele in Kauf nehmen, auch die Engländerinnen.

Zürich, Januar 1989 *Roger Perret*

Zur Edition

Die Texte dieses Bandes stammen alle aus dem Nachlass Annemarie Schwarzenbach in der Schweizerischen Landesbibliothek in Bern.

Gemäss einem von Annemarie Schwarzenbach selbst erstellten Inhaltsverzeichnis fehlen von dem von ihr für die Veröffentlichung vorgesehenen Typoskript „Der Falkenkäfig", bestehend aus achtzehn in den Jahren 1934/35 geschriebenen Novellen, folgende sechs Erzählungen: Der Falkenkäfig; Eine Frühlingserscheinung; Ein trauriger Ort; In Eskischehir; Reise nach Baalbek; Die Beduinen. Ausserdem ist der im Nachwort erwähnte Text über Gertrude Bell verschollen.

Für diese Ausgabe wurden den zwölf erhaltenen Erzählungen noch „Ein Auswanderer" und „Die Mission" zugefügt, die ebenfalls 1934/35 entstanden. Alle vierzehn Texte blieben zu Lebzeiten der Autorin unveröffentlicht.

Die Druckfassung wurde nach Typoskripten erstellt. Ausser einem werden alle Texte ungekürzt wiedergegeben. Offensichtliche Fehler und stilistische Mängel wurden korrigiert. Die eigenwillige Zeichensetzung wurde jedoch, wenn möglich, belassen.

Der Herausgeber

Anmerkungen

S. 23
Ein Auswanderer: Vgl. Annemarie Schwarzenbach: Winter in Vorderasien. Tagebuch einer Reise. – Zürich: Rascher 1934, S. 42–44.

S. 31
Verklärtes Europa: Erstdruck: Bubikopf. Aufbruch in den Zwanzigern. Texte von Frauen. Gesammelt von Anna Rheinsberg. – Darmstadt: Luchterhand Literaturverlag 1988, S. 165–170.

S. 47
Der Abschied: Vgl. die Passage über den „Algerier" in „Winter in Vorderasien": „Ein junger, algerischer Offizier begleitete uns auf dem Heimweg – ein auffallend schöner Mensch, blondhaarig, mit hellen Augen, die das Licht des Wassers, des Eises und des afrikanischen Himmels vereinigten. Der weisse Turban umrahmte ein schmales, dunkles Gesicht. Er redete knabenhaft und schwärmerisch, als gelte es die Sterne anzusprechen, dann zu uns, sich besinnend, eindringlich, männlich. ‚Ich liebe Algier', sagte er, ‚und ich bin Soldat. Aber können Sie verstehen, dass dies eine Entschuldigung für den Krieg ist?' Wir beschwichtigten ihn, niemand behauptet das, sagten wir. ‚Ich habe es mitgemacht', sagte er eigensinnig, ‚Krieg ist abscheulich, glauben Sie mir, es geht gegen die Ehre.'" (S. 47)

S. 61
Beni Zainab: Annemarie Schwarzenbach veröffentlichte über Madame d'Andurin, das Vorbild für „Madame d'Elbros", den Artikel „Eine moderne Zenobia", mit zwei Photographien, in: Zürcher Illustrierte, 20.11.1936, Nr. 47. Darin steht unter anderem: „Palmyra liegt zwischen Damaskus und dem Euphrat in einer Oase der syrischen Wüste. Im dritten christlichen Jahrhundert nahm die alte Stadt innerhalb des römischen Reichs einen grossen politischen Aufschwung. Frau Zenobia, die Gattin des Regenten Odönathus, erwies sich, als der Herr Gemahl tot war, als Herrscherin grossen Stils. Sie eroberte als römische Kaiserin, wie sie sich nannte, grosse Teile

Vorderasiens. Schliesslich nahm aber die glorreiche Laufbahn doch ein unangenehmes Ende: sie wurde gefangen nach Rom geführt. Palmyras Glanz erlosch und nur durch die gewaltigen Säulenreihen bläst noch der Wüstenwind, wie in frühern Zeiten."

Weitere Informationen über Madame d'Andurin konnten nicht ermittelt werden.

S. 117

Die Mission: Diese „Erzählung" bildet den Hauptteil eines gleichnamigen Aufsatzes (1935), der vermutlich unveröffentlicht ist. Da der Text eine Passage in „Sehr viel Geduld" (S. 110–111) vertieft und von unverminderter Aktualität gerade für diese Region (Armenier- und Kurdenproblem) ist, wurde er ausnahmsweise im Buch aufgenommen. Der weggelassene Schluss des Aufsatzes lautet wie folgt:

„Einer der jungen Väter, die damals die Stadt verlassen hatten, zeigte mir später den schrecklich zerstörten Schauplatz und, zwischen Mauertrümmern und den Säulen der Kirche, den Brunnen, in den man die Leichen der Erschlagenen und auch die des Vaters François geworfen hatte.

Die Mission blieb nach jenen Ereignissen acht Jahre lang verlassen. Dann kamen die Väter zurück, und bald nach ihnen auch die Nonnen. Sie mieteten Häuser in der Stadt, richteten ein Seminar ein, und begannen, zu unterrichten und die Messe zu lesen. Die neue Kirche der Väter war ein Pferdestall mit viereckigen Säulen und einfachen Bögen dazwischen.

Vor der Stadt besassen die Väter einen grossen Garten, wo sie Obst züchteten und Gemüse pflanzten, und mit den Schülern die heissen Sommertage verbrachten. Wir gingen an einem Sonntag hinaus. Der Weg führte durch das Nordtor, die Gärten entlang und dann quer über die Felder. Es war ein schöner Tag, man sah bis zu den letzten Kämmen des Gebirges, wo noch Schnee lag, und wo die Grenzen der Türkei, Russlands und Persiens zusammenstossen.

Die Kinder trugen die Körbe mit Vorräten, Brot und Käse, saurer Milch und Wein. Sie liefen schneller als wir. Als wir beim Garten ankamen, hatten sie das Holztor geöffnet und spielten alle Fussball auf der grossen Wiese."

Annemarie Schwarzenbach, welche mit Claude Clarac 1935 Urmia (heute Rezaiyeh) in Persien besuchte, datiert die Ereignisse dort auf

1922/23. Gabriele Yonan datiert jedoch in ihrem Buch „Assyrer heute. Kultur, Sprache, Nationalbewegung der aramäisch sprechenden Christen im Nahen Osten. Verfolgung und Exil" (Hamburg 1978) das Massaker auf Juli 1918, was wahrscheinlicher ist. Yonan führt die Existenz der „Nation der Assyrer, die gegenwärtig verstreut im Orient und in westlichen Ländern lebt, auf die alt-orientalischen Völkerschaften der Assyrer, Chaldäer und Aramäer zurück". Der Grossteil der „Assyro-Chaldäer" lebte um die Zeit des Ersten Weltkrieges in der Türkei, in Persien und Indien. Um 250'000 „Assyro-Chaldäer" verloren „während des Krieges und durch Massaker von 1914 bis 1919" (Yonan) ihr Leben.

Der russische Schriftsteller Viktor Sklovskij war als Kommissar der russischen Besatzungsarmee im Ersten Weltkrieg in Persien und Urmia. Zur Erhellung der Vorgänge in Urmia seien einige Passagen aus Sklovskijs Buch „Sentimentale Reise" (Frankfurt am Main 1974) wiedergegeben: „In Urmia waren verschiedene christliche Missionen tätig, eine russische, eine deutsche, eine französische und eine amerikanische; sie alle machten Jagd auf die Seelen der armen Nestorianer und verfolgten dabei natürlich auch politische Ziele. Die Missionen mischten sich in zivile Angelegenheiten und Streitigkeiten, stellten eine Art Staatsersatz dar und gewährten ihren neuen Glaubensbrüdern Schutz. (...) Alle diese Völkerschaften, die Perser, Kurden, Aisoren, Armenier, hassten sich gegenseitig. (...) Bei unserem ersten Rückzug aus Persien im Jahr 1914 hatte die persische Bevölkerung die Aisoren massakriert, weil sie auf unserer Seite gekämpft hatten. (...) In Urmia waren nur noch die amerikanische und die französische Mission und ein paar tausend Aisoren. Später erfuhren wir von Überläufern, dass die Türken alle zurückgebliebenen Aisoren umgebracht hatten."

S. 133
Fast dasselbe Leiden: Erstdruck: Bubikopf, Darmstadt, S. 170–175.

S. 141
Vans Verlobung: Die Seite 7 fehlt im Typoskript. Da der Anfang der Seite 8 keinen Zusammenhang mit den Schlusszeilen der Seite 6 hat, wurde er weggelassen. Die gestrichene Passage lautet wie folgt: „fühlt sich schrecklich niedergeschlagen: das ist das schlimmste Stadium,

eine Art von Krise. Nach einiger Zeit merkt man, dass es vorüber ist, dass man beim Aufwachen keine Leere mehr fühlt, und dass alles weitergehen kann wie bisher. Man wartet wieder, aber man weiss, dass es vergeblich ist."

Diese weggelassenen Zeilen und die fehlende Typoskriptseite werden in der Druckfassung mit (...) gekennzeichnet.

S. 151
Ghives: Persische Schuhe aus geknüpfter Baumwolle oder Seide (Anmerkung von Annemarie Schwarzenbach).

S. 177
Eine Frau allein: Ausser dass die schwedische Gräfin Maud von Rosen, das Modell für „Katrin Hartmann", 1902 geboren ist, konnten keine zusätzlichen biographischen Angaben ermittelt werden.

S. 177
Über Neu-Mexiko hatte sie ein Buch geschrieben: Maud von Rosen: Vi titta på Amerika – Stockholm: 1933.

S. 206
... ihr Buch ist nie erschienen: Maud von Rosen: Persian Pilgrimage. Being the story of a journey through Persia with its experiences and adventures. Illustrated by photographs taken by the authoress herself. Translated from the Swedish by Evelyn C. Ramsden. – London: 1937.

Annemarie Schwarzenbach im Lenos Verlag

Lyrische Novelle
Mit einem Essay von Roger Perret
147 Seiten, gebunden
auch als Taschenbuch erhältlich: Lenos Pocket, Band 14

Bei diesem Regen
Erzählungen
Mit einem Nachwort von Roger Perret
248 Seiten, gebunden

Auf der Schattenseite
Ausgewählte Reportagen, Feuilletons und Fotografien 1933–1942
Mit einem Nachwort von Regina Dieterle
389 Seiten plus 64 Seiten Bildtafeln, broschiert

Jenseits von New York
Ausgewählte Reportagen, Feuilletons und Fotografien aus den USA 1936–1938
Mit einem Nachwort von Roger Perret
191 Seiten, broschiert

Tod in Persien
Mit einem Essay von Roger Perret
151 Seiten, gebunden

Freunde um Bernhard
Roman
Mit einem Nachwort von Michael Töteberg
198 Seiten, broschiert
Lenos Pocket, Band 16